前世は兎

吉村萬壱

集英社

目次

前世は兎　5
夢をクウバク　35
宗教　67
沼　97
梅核　119
真空土練機　139
ランナー　163

装幀　宮口　瑚

装画　深沢幸雄

「刻む歌」（一九六五年）

前世は兎

前世は兎

一

私は言葉を覚えるのが早い子供でした。

物には全て名前が付いているという事が分かった時、私は驚きました。空に浮かぶ白いものは「雲」で、夏の朝に山から降りてくる煙のようなものは「霧」で、ドアを柱に固定している金具は「蝶番《ちょうつがい》」でした。この世界には無数の物が存在し無数の現象が生じています。その全てに名前が付いているというのは、驚くべき事でした。そんな膨大な手間を掛けて、森羅万《しんらばん》象《しょう》全ての物に名前を付けようと決めた人間という存在が、私は不可解で仕方ありませんでした。私は物の名前を盛んに尋ねる度に、固有の名前を正確に返してくる両親の顔を見て目を瞠《みは》りました。「何なん？」と母は私の驚いた顔を見て言いましたが、私は黙っていました。「全部の物に名前があるなんて気持ち悪い」と言おうものなら、間違いなく母親の顰蹙《ひんしゅく》を買うと直感したからです。

私があまり物の名前を尋ねるので、誕生日に両親は子供用の百科事典をプレゼントしてくれました。全八巻もある立派なものでしたが、古本でした。もう誰も百科事典など買わなくなっていた時代でしたから、恐らくびっくりするほど安価だったに違いありません。私は喜んだ振りをしてパラパラと頁を繰《く》りながら、吐きそうになっていました。黄ばんだ紙から立ち昇る黴《かび》臭《くさ》さのためばかりではありません。御存知のように百科事典というのは五十音順になっています。従って「ベトナム」の後に「べと病」、「ベートーベン」、「辺戸岬」、「へどろ」などと続くのです。何なのでしょうこの脈絡のなさは。「べと病」の項には「べと病菌による植物の病気。葉の裏に白っぽいカビがはえる。キャベツ・ホウレンソウ・ホップなど多くの有用植物に発生する」とありました。「辺戸岬」は「へどみさき」で、「沖縄本島の最北端の岬。芝生におおわれた台地で、先端は隆起サンゴの断崖」です。このように、何の脈絡もなくびっしりと並んでいるのでした。ありとあらゆる言葉が昆虫や魚の卵のように密集している様は、人間の得体の知れなさ、偏執狂的な収集癖、分類癖、異常な几帳面さを示して薄気味悪く、しかも尊大な印象を受けました。繰っても繰っても出てくる活字と写真、イラストの際限のなさに頭がクラクラしました。それでいて私はこの異様なまでの知識の羅列から、目が離せませんでした。怖いもの見たさと言うか、「杏仁豆腐《あんにんどうふ》」の写真の下に「アンネの日記」の「アンネ・フランク」が笑っていて、その下に「鞍馬《あんば》」に乗った体操選手が足を振り上げているというイラストがある奇妙さに、何か途轍もなく危険な気配を感じてゾクゾクするのです。やばい、と思いました。とんでもない生き物に生まれてきてしまったと臍《ほぞ》を噬《か》みましたが、後の祭りでした。

　もうお気付きかも知れませんが、私は小学校二年生ぐらいまで、前世の記憶をはっきり持っていました。今でもぼんやりと思い出す事が出来ます。私の前世は兎《うさぎ》でした。七年余りを、雌兎として生きました。雄との交尾に明け暮れた一生でした。何羽子供を作ったか見当も付きません。二つある子宮に、常に子供を宿していました。そのためか、人間として生まれてきた瞬間、自分の下腹に酷く寂しいものを感じて泣き喚きました。つまり、何か充実した物がここに入っていなくてはいけないのよ、というような事だったわけです。勿論生まれたての嬰児《えいじ》がそんな充たされない母性的欲望のために泣いているとは、誰一人思いも寄らなかったでしょう。私はしょっちゅう性器を弄《いじ》っていて、そのために人よりずっと早く陰核刺激による快楽を覚えました。百科事典は思わぬところで役に立ちました。私は何冊もの事典を床に散らばらせ、うつ伏せになって移動しては、本の角に陰核を擦《こす》り付けてオナニーをしていました。事典を読みながら腰を振る事には一種倒錯的な喜びが伴います。「日本式天気記号」の「砂じんあらし」の記号を見ながらイク時もあれば、「ひき臼」や「ヒキガエル」のイラストで嬌声を上げる事もありました。たまたま「明治天皇」だった時は、写真の顔を思わずペロリと舐めてしまいました。その顔が、私が愛した雄兎にちょっと似ている気がしたからです。

兎だった頃、森羅万象に勿論名前などありませんでした。御存知のように兎は啼《な》きません。プープーという低い声は出しますが、あれは喜びに満腹になって飛び出すゲップのようなものでして、何かを指し示す性質のものではありません。そもそも兎にとって世界は一つの大きな全体であって、一つ一つの物を区別する必要などありませんでした。危険が迫れば、世界全体が危険そのものになって伸し掛かってきましたし、危険が去れば世界全体が安全そのものの顔になって微笑みました。草がそこにあれば世界全体が草でした。雄がいれば世界全体が雄で、水が流れるようにごく自然に交尾という営みが展開していきます。私は最終的に犬によって捕食されましたが、喉を咬《か》まれた瞬間に世界はサッと幕を下ろしました。

ところが人間として生まれてみると、見える風景は全く違っていました。何もかもバラバラで、脈絡のない事物が渾然《こんぜん》と渦を巻いていました。即《すなわ》ち百科事典そのものなのです。チョコレートの横に鉛筆立てがあり、洗濯ばさみがあり、ティッシュの箱があり、電気料金の明細書があり、蠅が飛んでいます。相互に何の関連もありません。確かに一つ一つに名前を付けて分類・整理でもしなければ、世界は永遠に分裂したまま狂ったダンスを延々と踊り続ける事でしょう。例えば台所のテーブル、これは一体何なのですか。四本の脚があり、天板があり、物を載せている卓です。それは分かります。しかし見れば見るほど、何かわけの分からない物になっていくではありませんか。そもそも、なぜこんな物が在るのでしょうか？　なくても構わない物が、無理矢理でしゃばってふんぞり返っている気がするのは、私がまだ兎だった頃の世界を引き摺《ず》っているためでしょうか。恰《あたか》も大型の四つ足の獣ででもあるかのように背中を真っ平らにして踏ん張っている様子が、私には不気味で仕方ありません。極端な事を言えば、テーブルはこの世界にとって余計な物だと思うのです。本音を申せば、存在すべきではないとすら言いたいのです。何もテーブルに限った事ではありません。マグカップも、襖《ふすま》も、摺鉦《すりがね》も、サンタ・マリア・デル・フィオーレ大聖堂も、竿縁《さおぶち》天井も、拓本も、ローラーチェーンも、チェンバロも、銅鐸《どうたく》も、風速計も、革の鞄も、ガルベストン油田も、灯籠も、何もかもが存在すべき理由など何も持っていないのではないでしょうか。人間が作った無数の事物を思うと、頭がおかしくなりそうです。そして更に言うなら、最も不要なのは人間が発明した「言葉」だと思うのです。或いはこれは、啼かない動物だった私の負け惜しみに聞こえるかも知れません。しかし言葉こそが、たった一つの世界を無数の断片へと粉々に粉砕してしまった張本人である気がしてなりません。全体から個物を断ち切るのが、言葉というものの機能だからです。

私は矛盾した事を言っていますか。

兎だった時代が懐かしいです。

学校では嘘ばかり教わったような気がします。小学校で習う内容は百科事典で既に知っている事ばかりで、教師の質問に得意になって答えていると同級生から睨まれ、気が付くと私はいつの間にか孤立し、トイレの個室の頭上から汚水を浴びせ掛けられたりする存在になっていました。担任が私を贔屓《ひいき》したからです。志垣太郎《しがきたろう》似の、ひと昔前のイケメン担任は、馬鹿みたいにクラスの女の子の人気を集めていました。私は仁丹臭いこのチンチクリン教師が大嫌いでした。啄木鳥《きつつき》という苗字で、何度も私の太腿を触ったり、耳に息を吹き掛けながら「葉月《はづき》ちゃんは賢いな」などと囁《ささや》いたりしました。私の名前は山本《やまもと》葉月といいます。勿論自分自身に名前が付いている事自体大変な苦痛で、啄木鳥に呼ばれる度に総毛立ちました。今思うと啄木鳥は四流大学出の馬鹿で、熊本県の八代《やつしろ》を「やしろ」と読んだり、『方丈記』は江戸時代の作だなどと滅茶苦茶な事を言っていましたが、クラスのみんなは純粋に無知だったので呆けた顔で頷いているのです。自分の馬鹿っぷりが見抜かれているらしいと気付き、啄木鳥は私を殊更に可愛がってみんなの嫉妬心を煽《あお》り、私へのイジメを黙認していました。私は次第に神経症的になり、一日に何十回も手を洗ったり、髪の毛を食べたり、陰核が裂けるほどオナニーしたりしながら何とか精神のバランスを保っていました。啄木鳥は、三年生から五年生まで三年間私の担任をしました。私の精神の不安定さを出汁《だし》に、山本葉月を回復させられるのは自分しかいないとふざけた主張をしていたようです。それに騙される親も親だったと思います。

五年生の林間学校の時、私は啄木鳥に宿舎の裏の雑木林の中に無理矢理連れ込まれ、暴行されました。髪の毛を掴まれ、臭い一物《いちもつ》を口の中に銜《くわ》え込まされました。それまでも握らされたり、鼻に押し付けられたりした事はありましたが、喉の奥まで突かれたのは初めてでした。一物は大した大きさではありませんでしたが木の棒のようにコチコチで、私は何度もえずいた挙句、食べたばかりの夕食をその場で全部吐いてしまいました。そのゲロがズボンに付いたとかで啄木鳥は怒って何発も頭を叩いてきました。私はその時ちょっと先祖返りしていて、「何やこいつ、強姦せえへんのか」と雌兎的視点で彼を見上げました。「その目がむかつくんじゃ」と彼は怒鳴り、そしてすぐに「好きやで葉月ちゃん」と言いながら汚れた唇を綺麗に舐め始めました。啄木鳥は、いい歳をして仮性包茎でした。私は曲がりなりにもこの時、フェラチオの技術を習得しました。啄木鳥は女のような声を出してイキました。こんな男が堂々と教員をしているのです。「親に言うたらお嫁にいけんようになるぞ」と脅されました。私は一言も喋りませんでした。「もう行け」と言われ、私はトイレに直行しました。そして口の中の精液をトイレットペーパーに包んで部屋に持ち帰り、ビニール袋に入れました。同室の女子が「葉月、動物園の臭《にお》いがする」と騒ぎ出しました。私はベッドに潜り込み、濡れた股間に指を這《は》わせました。

私は持ち帰った精液を、性犯罪の証拠品として啄木鳥に示しました。「伯父さんがお医者さんやから、DNA鑑定して貰ってるねん」と啄木鳥を脅迫し、彼を意のままに操るという遊びに興じました。私を苛めたクラスメイトの中に彼の親衛隊がいて、その子を私と同じように襲うようにと言うと、驚いた事に彼は本当に襲いました。犯された彼女は親に訴え、親の訴えは学校中に知れわたって私は簡単に彼等の人生を壊す事に成功しました。二人とも、これでもう自分達の夢は崩れ去ったと言わんばかりに泣きました。彼らの夢は所詮、看護師になりたいとか校長になりたいとかいった凡庸なものに過ぎません。強姦ぐらいでどうしてその夢が崩れるのかよく分かりませんでしたが、家族も含めて大泣きしていて馬鹿みたいでした。啄木鳥が白状したので、当然私もお咎《とが》めを受けました。私は母親に、顔の形が分からなくなるまで殴られました。しかし何がどうなろうと知った事ではなかったのです。基本的に兎視点ですので、いざとなったら捕食されて幕が下りるというだけの話です。

二

六年生の時、クラスに古井健太《ふるいけんた》という悪い奴がいました。健太は左のこめかみに親指大の黒子《ほくろ》があり、父親は大学教授で、成績が良いだけでなく危険な野獣臭を漂わせていました。半ば動物であった私が、その獣臭さに打ちのめされなかった筈はありません。私は健太の行くところ行くところくんくんと鼻を鳴らして嗅ぎ回り、自転車置き場の塀の裏で待ち伏せしていた健太に羽交い締めにされ、唇を奪われ、顔中を舐め回されました。どうやら私の小柄で色白の体は健太の好みに合っていたようで、その日の帰り道、彼は殆《ほとん》ど本能の塊のようになって葦《あし》の川原に私の体を押し倒しました。ソックス以外全部脱がされた私は、啄木鳥の倍ほどもある一物を挿入されると喜びのゲップを連発しました。健太は体中からイタチ特有の体臭を立ち昇らせていました。イタチは兎を殺します。ところでセックスとは死への欲動でなくて何でしょうか。捕食動物としての本能を、私は涎《よだれ》を流しながら存分に堪能しました。行為の後死んだように放心している私に向かって、彼は「お前、俺の女になれ」と言いました。

私は顎を二重にして頷きました。

「今日からお前は俺の女や」

「分かった」

小学六年生同士のカップルが誕生し、それから年末までの間に私達は二百二十六回交接しました（私は几帳面なのできちんと記録していたのです）。抱き合うと、互いの体のどんな小さな凹凸も隙間なく密着するように、私達の体は相手に合わせて変化していきました。毎日健太の部屋で、家全体が揺れるほど激しく交わりました。彼の両親は何故か殆ど不在でしたから、お風呂に入る事も出来て便利でした。健太の快楽が少しでも増えるようにと、私はあらゆる工夫を凝らしました。自分の技術の上達が面白かったからです。前立腺刺激で射精させたり、射精後にも刺激を加え続けて「男の潮吹き」をさせたりしました。その年の冬に至って、健太の様子がおかしくなってきました。セックスの後に突然泣き出したりするのです。

「どないしたん？」

「何でもない」と彼は背中を向けました。

「言うてみ」と言うと「幸せ過ぎて怖いんや、葉月」と気持ちの悪い事を言います。私は心の中で「人間めが」と毒づきました。純粋に今この瞬間の快楽だけを味わっていれば良いものを、恐らく未来の事を考え、何かのきっかけで私という存在を失うかも知れない可能性に思い至って怖気《おじけ》づいているのです。私は彼の家を一歩出ると健太の事など綺麗に忘れてしまいましたが、健太は二十四時間私の事を考えて気が変になり掛かっていました。勉強も手に付かなくなって成績は急降下し、精力を吸い取られた健太の頬はこけ、見るからに精彩を欠いてきました。動物の雄なんてそんなものです。

「このままギュッとしといてくれ！」

「腕がしんどいねんて」

「頼む。放さんといてくりや！」

「精液が垂れて冷たいんやし」

「葉月、葉月」

俄然《がぜん》、煩わしくなってきました。距離を置こうと試みましたが、なかなか成功しません。私は大学を訪ね、健太の父親に事情を話しました。研究室のソファの上には枕や毛布が乱れていて、研究室に寝泊りしている事が知れました。健太が半ばグレていたのは、両親の仲がうまくいっていなかったからに違いありません。父親は机上の書物の頁を意味なく繰り、私の胸元や太腿をチラチラと盗み見ながら話を聞いていました。

「で、どないして欲しいんや？」

よく見ると父親の顔は水牛に似ています。

「私を助けて下さい」

「息子を説得しろっちゅう事かいな？」

「それは上手い事いかへんと思います」

「じゃあ、どないしょうかな」

「どないしょうかな？」

「どないする？　ん？」

水牛は長い舌で唇を舐めながら「こっちきい」と言いました。私は素直に従い、彼の膝の上にお尻を乗せてグリグリしました。水牛のペニスはギンギンでした。私はそれから二時間ぐらい、研究室のソファの上でされるがままになりました。キスの仕方や嬌声にいかにも父子だと思わせるものがあり、私の体に夢中になるに連れて幼さが露見する脆弱《ぜいじゃく》さも共通していて、終わった後はこの哲学者をすっかり嫌になっていましたが、とにかく私は目的を達しました。

その後何度か健太の家に行き、醜い父子の言い争いの間に立たされて不愉快な思いを味わいました。途中から母親も加わってきて、私は殆ど吊るし上げのような状態に置かれながら、音を立てて崩れていく健太の家庭を冷静に眺めていました。勿論私の両親も無傷では済まされず、最悪の冬休みを過ごした果てに私は健太と別れました。きっと女子の場合は違うと思いますが、小学生の男子がセックスに狂うと取り返しのつかないダメージを負うようで、健太はその後精神に異常をきたしたと聞きました。私の肉体によって一人の男子が狂ってしまったのです。私は、自分の体に備わった魔力に気付いて狂喜し、この先この宝を使わない手はないと考えて舌なめずりしました。

　中学、高校とセックス三昧の生活を送り、私が六年間に交わった男の数は二百六十五人に上りました。乳首と陰唇《いんしん》はすっかり黒ずみましたが、雌兎というものは兎に角一生をセックスと出産に捧げる生き物なのです。搔爬《そうは》を繰り返し、性病や粘膜の損傷など健康も随分損ないましたが、どんな代償を払ってでも私は快楽を優先しました。しかし所詮はセックスに過ぎませんで、男達が勝手に思い込み、何やら盛んに言葉を費やして主張するような観念的な意味や価値などは全く実感出来ませんでした。私はその場その時のベッドの上で、相手から得られる最大限の快楽を無心に奪い取るだけでした。君と僕は赤い糸で結ばれているとか、結婚とか、子供とか家庭とか将来の約束とか本当に冗談ではありません。勿論彼らの動物的な嫉妬にも閉口しました。私を巡って決闘し、重篤な後遺症が残った男もいましたが知った事ではありませんでした。人間の男は兎の雄に比べて遥かに面倒臭く、「意外に小さいんやなあ」とか「えらい早いなあ」といった言葉一つで想像も出来ない事態が出来《しゅったい》する事も珍しくありませんでした。私は度々首を絞められ、打擲《ちょうちゃく》され、蹴られたりしました。しかし暴力を振るわれる事は上手く捩《よじ》れると快楽と結び付くので、私は自分の「無神経な」（と彼等が言う）言動を特に改める必要を感じませんでした。兎はそもそも、痛みに鈍感なのです。

私の肉体に溺れた男達は悉《ことごと》く駄目になっていきましたが、私自身の負担はそれ程大きくありませんでした。私は昼間に四、五人の男と交わり、帰宅すると机の前に座って平然と勉強していました。兎の脳は小さくて基本的に馬鹿なので、成績は大した事はありませんでしたが、普通程度の席次は保っていました。勉強は好きでも嫌いでもありませんでした。読んだり書いたり暗記したり問題を解いたりするのは、兎が歯が痒《かゆ》くてそこら中の物を齧《かじ》るのと同じ本能的衝動に過ぎず、努力とか学問の喜びとかとは何の関係もありませんでした。結果的に私はそこそこの高校や大学に進学しました。私にとってオナニーと勉強とは生理的衝動という点で等価でしたが男達にとってはそうではなかったらしく、上手く両立させられないようでした。高校受験や大学受験に失敗したのは私のせいだと、下らない男達が食って掛かってきましたが、しかし彼等は所詮敗者であって、されるがままに抱かれてやると射精した途端に号泣しながら「来年は死んでもお前と同じ学校に合格するからな！」と判で押したように宣言し、ガックリと項垂《うなだ》れて帰っていくのでした。しかし翌年に私の通う学校に入学してくる男は、一人もいませんでした。

三

私は現在大学三年生ですが、特定の恋人はいません。男達の面倒臭さといったらありませんから。熱病のように勝手に夢中になり、私が別の男と寝ている現場を押さえるや、鬼の首でも取ったように私の体を殴ったり蹴ったりし、それでも駄目だと分かると決まって死ぬと言い出し、中には本当に自殺を企てる男もいて、警察に事情聴取されたり相手の親に人殺し呼ばわりされたりして、そんな事が重なるといい加減疲れ切ってしまいます。刑事にも犯されそうになりました。強がっていますが、人間の男は精神的に最も弱い生物だと思います。しかし私はいつでもペニスとお金は欲しいので、今は「倶楽部　ローズ・淫《いん》・ローズ」というお店で深夜にデリヘル嬢をしています。親からはほぼ勘当されていますから、生活費や学費は自分で稼ぐしかありません。親は、私が経済的に自立している事が余計に許せないようですが、動物の世界ではセックス出来る個体が親の庇護を受ける事などありませんから、親の方が何か勘違いしているのだと思います。私は勉学同様デリヘル嬢としても勤勉で、一定の収入を確保しています。一晩に大体二、三人の男と寝ます。セックスするだけでお金が貰えるなんて、何て有り難い仕組みなのでしょう。本番は禁止ですが、お金を積んでさえ貰えば内緒でほぼどんな事でもしています。七万円貰って男の大便を食べた事もあります。兎は自分の便（盲腸便）を食べますから、こんな事は屁でもありません。

　よく男達が私に向かって言う言葉があります。

「お前は人を愛した事がないんや」

　この言葉を聞くたびに、私は心の中でプッと吹き出します。愛というのは、彼等に言わせると最も崇高で気高く強いものらしいのですが、女を愛した男がどうなるかを散々見てきた私は、愛ほど男を弱くするものはないと思っております。

「愛って何なん？」と訊くと、彼等は決まって「お前のために死ねるっちゅうこっちゃ」などと聞き飽きた台詞を言います。

「私が死んだらあんたも死ぬんか？」

「死ぬ」

「ホンマか？」

「ホンマじゃボケ！」

一つの個体が死ぬだけで済むところを、愛というものが介在するお蔭で二個体がまとめて死なねばならないのです。そしてこれが「強さ」だと言うのですから、論理的に間違っているとしか言いようがありません。種の生き残り戦略という観点からも、明らかに誤りではないでしょうか。

愛の奇妙さは個人レベルにとどまりません。最近、この社会は抜き差しならない祖国愛の言説に満ちていて、一種の犠牲的な熱狂が支配しています。色々な事件が頻発していて、かなりヤバイ感じです。私はそんな事には丸で関心がありませんが、互いに被害者面をした国同士が睨み合い、祖国愛を競い合って既にもう喧嘩のような事も始まっているのです。死人も出ていて、国を挙げて大騒ぎしています。

ところで人間の中にも、兎に近い個体がいます。殆ど何も考えず、国の行方にも関心がなく、今この瞬間の個人的な充足しか求めていない人間が。

それは引き籠もりです。

私はこの種の男達とも沢山セックスしてきましたが、この連中が一日の大半を費やしているネットやゲームは実に単純な反射作用で、思考というプロセスを殆ど踏んでいません。兎が音や接触に反応して警戒したり、鼻をくんくんさせたり、草を齧ったりするのと同様に、殆ど意識する間もなくマウスやコントローラーのボタンをプチプチやっているだけです。セックスも淡白で、一応「愛してるよ」などと言ったりもしますが、それはアニメか何かの台詞をなぞっているだけで真剣なものではありません。セックスの最中に首を絞めてくる奴もいて、それでもし私が死んでも彼は「あ、死んでしもた」と言うだけだと思います。こういう人間達の方が、私から見ると生物として正しいと言うか、無駄に熱くなっていたずらに死人を増やしたりする事は少ない人種なのではないかと思います。そして、私が九年振りに再会した古井健太は、すっかりそのような腑抜けになっていました。

私は矢張り人間として生きていくには多少辛い事もあったので、時々心療内科を受診しては睡眠導入剤や精神安定剤を手に入れていました。理由のない恐ろしさで眠れない時など、お酒で薬を飲み下して無理矢理眠りに就くのです。受付の人が彼の名を呼ぶのを耳にした時、私は女性週刊誌の成人漫画（不倫もの）を読んでいました。ふと顔を上げると、小さな財布からお金を摘み出している古井健太の横顔がありました。もし彼の左のこめかみに特徴的な黒子がなく、耳の中に彼の名が残っていなければ決して彼だと気付かなかったと思います。実際健太は、俊敏なイタチだった小学六年生の時と比べると、でっぷりと肥《ふと》っているにも拘《かか》わらず干涸《ひから》びたミミズのようで、当時の獣性を完全に失っていました。何かにすっかり生命力を吸い取られた亡者さながらで、その張本人が自分だった事に気付くまでにはちょっと時間を要しました。

　私の視線を察して、彼がこちらを向きました。一瞬見詰め合って目を逸らすと、彼の方も私を無視しました。そして受付での支払いを済ませると改めてこちらに向き直り、自分の頭を指差して「病気か?」と訊いてきました。声変わりをしていないと思わせる、懐かしく甲高い声でした。

「病気?　私が?」

「病気とちゃうんか?」

「私は病気とちゃうで」

「俺はずっと病気や」

「ふーん」

　健太はスウェットの上下を着て、腰にウエストポーチを巻いていました。袖口の毛玉、サンダル履きの足の伸びた爪、肩に降り積もったフケを見て、強烈にセックスがしたくなりました。病院の向かいの薬局に、二人で薬を受け取りに行きました。私達の薬は、一部重なっていました。薬剤師から説明を受けながら薬を受け取る私を見て、彼がふっと笑ったので私も笑い返しました。

　薬局を出ると「ちょっと待っとって」と彼は言い、暫くすると駐輪場から自転車を押してきました。

「乗るか?」

「乗せてくれるん？」

「おう」

私は健太の背中にしがみ付いて鼻を押し付け、懐かしいような初めてのような彼の体臭を力一杯吸い込みました。自転車はヨロヨロと進み、市街地を抜け、町外れの山に続く林道へと入っていきます。長い坂道が延々と続きました。きつい勾配を懸命に上っていく健太の背中から気化した汗の匂いが立ち昇り、雄を感じさせました。雑木林の間にチラチラと、眼下に広がる街の姿が見えています。

「どこ行くん？」

「懐かしい場所や」

盛り上がった首に汗が伝って、肥満イタチはすっかり酸欠状態のようでした。分厚い背脂を通して、ぜーぜーと苦しげな呼吸が伝わってきます。未舗装の林道は太い木の根が露出していたりして走りにくそうでした。彼がわざと狭い脇道へとハンドルを切る度に、どこで捨てられても一人で戻って来られるように、私は頭の中の地図を次々に更新していきました。空のどこかから、雷のような音がしていました。

「着いたぞ」

そう言われて見回してみましたが、私の小さな脳はその懐かしい場所を思い出す事が出来ません。

「懐かしい」

「せやろ?」

「うん」

「じゃあ、あれして」

「ええよ」

私は荷台から降り、彼は自転車のスタンドを立てました。そこは雑木に囲まれた雑草の生い茂る空間で、ゴミの不法投棄が目に付き、目を凝らすと雨に濡れて波打ったエロ本や、石のように固まったティッシュなどが棄ててありました。小学生の時、こんな場所で野外セックスしたかなあと記憶を探りましたが、全く覚えがありません。私は彼の前で跪《ひざまず》き、ズボンを脱がせ始めました。彼は暫くされるがままになっていましたが、ズボンを踝《くるぶし》まで下ろされると突然私の両肩に手を置いて言いました。

「何してんねん? おのれ」

私は仰ぎ見て、逆光で影になった彼の表情を探ろうとしました。

「何しとるんやって訊いとるんや」

「あれ? 間違えたかなあ」と私はとぼけました。

「お前、覚えてないやんけ!」

「覚えてないわ。何か知らんけどそんなもん知らんわ!」と言った途端、彼は私の肩を突き飛ばし、私は地面に仰向けに倒れました。見ると健太は仁王立ちになって私を見下ろし、不器用な腰つきでズボンを引き上げています。私は小さな脳を回転させましたが、しかし百千の男達の思い出の中から健太の記憶を掘り当てる事が出来ず、すぐに諦めました。こんな男の言う事など、はっきり言って私にとってはどうでもいい事でしたから、もう帰ろうと思って身を起こしました。立ち上がった私を彼は真正面から見詰め、こう言いました。

「俺はウーキチや！」

「は？」

「ウーキチじゃ！」

「ウーキチ？」

「兎のウーキチじゃ！」

「何なんそれ？」

訊くと健太は、自分は兎の生まれ変わりで、前世に於いて私と一緒に、この場所にあった貧農の家につがいとして飼われていたと言うのです。そして私は彼の子供を四百羽以上産んだのだと、彼は言い張りました。

「あんたそれ覚えてんの？」

「ああ」

「確かに私の前世は兎やけど、あんたの事なんて全く覚えてないで」

「そんな筈あるかい！」

「あるって」

「ない！」

「兎のあんたなんか知らん。イタチやと思っとったわ」

「あのな、前世で夫婦でもなかった小学生同士が、あんな激しいセックスするわけないやろボケ」

「知らんわ」

「プー」

言われて見ると、健太の鼻の下は兎のように膨らんでヒクヒクしています。私も負けじと鼻をヒクヒクさせました。そう言えば彼とセックス三昧だった頃、私達はひょっとして兎同士なのかも、と感じた事が何度かありました。その時私は赤目を剝いていた筈ですが、ウーキチなどという特定の雄兎が脳裏を掠《かす》めた覚えはありません。私は頭を強く振って何か出てこないかと頑張りました。そして辛うじて思い出せたのは、私が犬に食い殺された時に見た、走り去る一羽の兎の蟹股《がにまた》の後ろ脚の映像だけでした。

「あんた」

「何や？」

「あの時、私を見殺しにしたやろ」

「見殺しって、妙に人間的な言葉を使うやないけ」

「あんた逃げたやろ」

「まあ」

「あの雄か」

四

私は基本的に今この瞬間にしか興味がないので、健太の言い分に自分を合わせる事にしました。その方が、話が前に進むと思ったからです。案の定、彼との前世を思い出したかのような素振りを私が見せると、健太はプープーと私の周りを嬉しそうに跳ね回りながら、地面に顔を擦り付けるようにして雑草を齧り始めました。その様子を見ていると、来る日も来る日も延々と雑草や野菜を食べていた頃の記憶がぼんやりと甦ってきて、少しでも何かを考えるという事が酷く面倒臭くなってきました。私はこの人間なのかイタチなのか兎なのかよく分からない肥った生き物を、自分には全く関係のない存在として眺めました。とても退屈な眺めでした。

雷の音が頻繁になり、フッと空を見上げましたが晴れ渡っています。

「セックスせえへんねやったら、私帰るで」と私は言いました。

「何やて？　もごもご」

「帰るわ」

「ああ帰れや、もごもごプー」

彼は横目でチラッと私を見ただけで、黙々と雑草を食べ続けています。健太はもうすっかり兎モードで、十メートルほど歩いて振り返ると、草叢《くさむら》の中に蹲《うずくま》っているその背中は、確かにいつか一緒に暮らしていたかも知れない懐かしい丸まり方でした。一瞬、あゝこの雄とつがいだったかもと思い出したような気になりましたが、すぐに忘れて歩き続けました。明治天皇にも似てないですし。尤《もっと》も、夫であった兎が愛した雄だったとは限らないのでした。

その時突然、空気が真っ二つに裂けるような音と地響きがして、私は飛び上がって引っくり返りました。すぐ近くで打ち上げ花火が炸裂したような強い衝撃で、空気の塊に平手打ちを食らわされたような気がしました。何が起こったのか、すぐには分かりませんでした。すると頭の上を何かが過《よぎ》って、続いて更に大きな音が鳴り響きました。私は数メートル撥ね飛ばされて宙を舞い、木の幹に体を叩き付けられて強く頭を打ちました。一瞬何も分からなくなりました。

ふっと我に返ると、依然打ち上げ花火の音が鳴り続けていました。それは次第に下界へと遠ざかっていくのです。私は小走りになって、見晴らしの良い場所へと移動して行きました。すると雑木の向こうに、街を見下ろしている健太の肥った背中が見えました。

私は、彼に身を寄り添わせるように隣に並びました。

街からは黒い煙が何本も立ち昇っています。サイレン音やスピーカーからの黄色い声が、風に運ばれてきて大きくなったり小さくなったりしていて、空を突っ切って鉛筆のような物が飛来して来るのが見えました。ミサイルのようでした。ミサイルは頭を上の方に向けて飛んでいて、その傾きが進行方向と全く違うので何だか古いSF映画みたいで滑稽な印象でした。

突然健太が文字通り脱兎の如く走り出したので、私も釣られて駆け出しました。

林道を駆け下りながら、この道の匂いを覚えている気がしました。デブのくせに健太は結構健脚で、随《つ》いていくのに一苦労です。次第にきな臭さが漂ってきました。雑木の一部から、ボッと一筋の焔《ほのお》が立ち昇ったのでびっくりしました。見ると空から幾つもの火の玉が降ってきます。本物の花火みたいに見えました。健太はどんどん街の中心を目指して走っていきます。街には無数の火の玉が降り注いでいました。こんな爆弾もあるんですね。私は知りませんでしたが健太はネットで勉強したのか武器に詳しそうで、時々立ち止まっては火の玉を見上げ、その一つ一つの弾道を計算しながら進路を選んでいるようでした。私はピッタリと彼の後に引っ付いて行こうと懸命に走りました。しかし私の足は遅く、次第に引き離されていきます。健太の名を呼ぼうとしましたが、全く声が出ませんでした。その時、私は遠ざかっていく健太の後ろ姿を凝視してハッとしました。ウーキチの事を、初めて鮮明に思い出したのです。あいつだ、と思いました。私が犬に咬み殺されていた時に見た後ろ姿は、矢張り夫のウーキチだったのでした。その瞬間、前世と同じように、私はここで死ぬんだと悟りました。ウーキチは、今度も私を見殺しにするのでしょう。しかしそんな事は、兎の世界では当たり前の事で、特に悲しむべき事ではありません。個体保存の本能がいつでも最優先なのです。

突然物凄く大きな音がして、私は地面に蹲って耳を伏せました。その途端、突風に吹き飛ばされて、球のようにクルクルと転がりました。偶然フェンスに受け止められて止まった時、私は咄嗟《とっさ》に網目に爪を引っ掛けてしがみ付きました。砂煙混じりの風に抗して薄目を開けると、爆心地から飛んできて色々な物に激突する沢山の兎の姿が見えました。彼等は一言も発する事なく潰れたり、千切れたりしていました。私は嘗《かつ》て、このような光景を何度も見た事を思い出しました。前世よりずっと前の、遥か昔から延々と、私達兎はこんな風に死んで来たのでした。

それは決して名付けようのない光景でした。つまり、何の意味もない、ただ、こうあるしかない光景なのでした。相手が嵐であろうが洪水であろうが肉食獣であろうが、兎はこうやって物言わず殺されていく動物なのです。私は懐かしさで一杯になりました。

兎達は季節の変わり目に脱毛した毛玉のように、次々とフワフワ転がって来ては死んだり、怪我をしたりしています。中には黒焦げの個体もいました。漸《ようや》く風が収まった頃、砂塵の中で目を凝らすと、肥った兎が郵便ポストの根元に絡み付いているのが目に入りました。近付いてみると案の定ウーキチでした。私がプープーと言うと、彼は「プー」と一声だけ返事をしました。お腹が裂けて、内臓が粗方《あらかた》飛び出しています。私は咄嗟に彼の顔に自分の顔を擦り付けました。この時私は、彼が言った「あれして」のあれが、これだった事を思い出しました。ウーキチとのセックスの前戯は、こうして互いに顔を擦り合わせる事でした。一瞬ウーキチの裂傷を負った一物が膨らんで、傷口から細い血を一筋噴き上げるとすぐに萎《しぼ》みました。ウーキチの目玉が半分ほど引っくり返り、彼は死にました。

私は更に街の中心部に向かいました。

東の山手から西の海辺に向かって、街は爆撃機とミサイルによる絨毯《じゅうたん》爆撃を受けていました。

至る所に、兎の丸焼きが転がっています。公園の水場に、生き残った兎達が群がっていました。私も彼等を掻き分けて、辛うじて水を飲む事が出来ました。爆音は、西の方へと遠ざかっていきます。そして兎達は、何故かその西に向かって移動していくのです。私も彼等の中に混じって、西へ西へと流されていきました。我々は国道を行進していきます。進むに連れて、脇道から次々と兎の列が合流して、流れは次第に大きくなっていきました。誰も一言も喋らず、ただ前を行く兎のお尻だけを頼りに、ひたすら歩いて行くのです。焼け残った建物の所々にこの国の旗が掲げられていて、何羽かの兎が立ち止まってその旗に見入ろうとする度に、後ろの兎に追い立てられました。後ろからお尻を突かれた兎は、後ろ脚でドンッと地面を叩きます。それが兎の唯一の怒りの表現なのです。しかし行列を止める事は誰にも出来ず、皆黙々と流されていきました。

白と赤の旗には、少し前までは何か重要な意味があったかも知れませんが、皆悉く兎となってしまった今ではそれが何だったのか、誰も思い出せないようでした。恐らくこの旗への「愛」が招いたこの爆撃の意味も、兎達にはもう何も分からないのです。ただ大きな音を恐れ、臭いにおいを忌避し、髭をヒクヒクさせながら、何も考えずに前の兎の尻に随いていくだけでした。群れの中には、嘗て大きな声を上げながら愛国を叫んでいた大物政治家や武器商人といった肉食獣も混じっている筈でした。しかし彼等も今や何故か兎になり果ててしまい、自分達が何を主張していたのかさっぱり思い出せず、ただ当てもなく逃げ惑うしか能のない草食動物として、群れに押されながら覚束ない足取りで歩くだけなのでした。しかも我々の逃げる方向は、百八十度間違っていました。

ふと妙な音に気付いて空を見上げると、華麗に空を舞っていた爆撃機がおかしな飛び方になっています。ジグザグに飛んで、錐揉《きりも》み状に落ちて来る機体もありました。しかし兎は基本的に地面にへばり付いている動物ですから、この異変に気付いた個体は私を含めて少数でした。爆撃機の一機が我々の方に向かって墜落してくる事に皆が気付いた時には、既に機体は避けようのないスピードで突っ込んで来ていました。恐らく爆撃機のパイロットも兎になってしまったに違いありません。操縦席の上でクンクン匂いを嗅ぎ回りながら、椅子の革でも齧っているのでしょう。次の瞬間、爆撃機は兎の群れに正確に命中し、爆発、炎上して何度もバウンドしながら目の前に迫ってきました。

五

気が付くと、周りは死体と瓦礫《がれき》の山でした。

私も死にました。

いや、当然死んだ筈だったのですが、雨が降ってきたのです。その雨が喉を伝い、臓腑に染み渡って何故か私は生き返りました。雨は豪雨に変わりました。兎は濡れると毛がぺしゃんこになり、半分ほどの大きさになってしまいます。そこここに、被爆を免れた生き残りの兎が蹲ってじっとしたり、丸で亡者のようにトボトボと歩いたりしています。

私は周りを見回しました。

何もかもが、破壊し尽くされていました。

まだ散発的に遠くの方で爆発音が鳴って、その度に全員の耳がクルッと反応します。

全ての名前が、失われていました。

やっと元の世界に戻った、と私は安堵しました。

矢張り人間の前世は、皆兎だったに違いありません。

だからこんな名前だらけの狂った世界には、とても耐えられなかったのだと思います。子供が何にでも名前を付けるように全てを名付け、積み木を組み上げるように無数のビルを建て橋を架け、物を造り出し、複雑な仕組みを打ち立てたところで、彼等には少しも世界が理解出来なかったのです。だからまさしく子供が必ず積み木を崩すように、自分達が造ったでっちあげの世界を木っ端微塵に崩さずにはおれないのです。今やここには何もなく、世界は均一です。個々の兎とこの世界との間に、分裂は存在しません。何一つ名付ける必要もないのです。

私はプープーと啼きました。するとそばにいた何羽かの兎も、プープーと呼応しました。

その時、全く違う種類の声がしました。

兎達の耳が一斉にクルッとその声の方に向きました。

誰かが言葉を発したのです。それは、おぞましい響きを持った声でした。そしてその声の主は、兎の皮を脱ぎ捨てながら、無毛でツルツルの皮膚を露わにしました。

「お前ら！」とその人間は叫びました。

「お前ら！」

すると周囲の兎の中から、自らの毛皮を引き裂く個体が次々と現れ始めます。

「こんなにされて、黙って泣き寝入りかいな！」

その人間は怒り狂っていました。

「我らが同胞、我らが英霊、我らが祖国の為に、我々は断固として……」

私は脱兎の如く逃げました。

雑木の山に逃げ込んで、もう二度と人里には下りて来ないと決めました。

夢をクウバク

一

「これは何なの？」と和子《かずこ》はスマートフォンの画像を見せながら娘の憂《ゆう》に訊いた。

左頬がふっくらと腫れ、点々と薄紫色に変色している。

触れようとすると、憂は素早く顎を引いた。

「痛くしないから、触らせて頂戴」

掌を当てると、ほんのりと熱を帯びている。

和子は娘の頬の状態をスマートフォンで、角度を変えて撮影した。

「服を脱いで」

憂は黙ったまま動かない。

「ランドセルを下ろして、服を脱ぎなさい」

憂が緩慢に動き始めた。和子は撮った写真を確認し、上手く写っていない画像を消去した。

家の外の道から下校途中の小学生達の笑い声が聞こえ、和子は窓ガラスを睨みながら声の方向に向かって視線を巡らせた。

憂がランドセルの上に、脱いだトレーナーを置いた。

「早くしなさい」

和子は娘の二の腕を摑んで引き寄せると、シャツとスカートとパンツを脱がせて裸にした。痩せた骨格に張り付いた皮膚は薄く、まだ体毛の生えていない生まれたての仔豚のようだ。和子は再び何枚か写真を撮った。

「これは何？」

示された画像には、左脇腹にくっきりと残る歯形が写っていた。歯列の内側は、黄色と青色の痣《あざ》になっている。人間の歯形だった。大人のものか子供のものか分からない。和子は鼻の穴を大きく膨らませた。

「誰にやられたの？」

憂は裸のまま左右に首を振った。

「言いなさい。さ、こっちを向いて」

和子は執拗に画像を見せた。

「こんな」と和子は言った。

「こんな事をされて！」

和子の胸は鳩のように盛り上がり、鞴《ふいご》のように上下した。

憂はじっと靴下の花の絵柄を見詰めていた。


いつの間にか窓ガラスが暗さを帯びて、下校する小学生達の声もとうに途絶えていた。

家の前を、自転車の錆びたチェーンの音や、散歩の犬がゼーゼーと喉を鳴らす音が通り過ぎていく度に、和子は目玉をギョロギョロさせた。アオサギの啼き声が空を過ると、首と顎を一直線にして天井を見上げた。やがて彼女はテーブルに頬杖を突き、時折、汚物を口に含んだような顔になった。憂はずっと母親を盗み見ながら、内腿を隙間なく合わせて一本の鉛筆のように立ち続けている。

テーブルの上のスマートフォンが、突然震えながら回転し始めた。

和子はそれを反射的に摑み上げると、電源を切った。

「憂、何突っ立ってるの？」と、和子が言った。

「おしっこ」と憂は訴えた。

和子は顎でトイレの方を示した。走り出した途端、憂の左靴下が足からスッポ抜けた。トイレに駆け込むや少量の尿が飛び出し、床に滴《したた》った。その水滴をスリッパで踏まないように避けながら便座に腰を下ろすと、憂は腹に力を込めて放尿した。終わると上半身を大きく震わせた。トイレットペーパーを折り畳んで性器に押し付け、それを更に畳んで床を丁寧に拭《ぬぐ》ってから立ち上がる。

トイレから戻ると部屋には灯りが点《とも》っていて、キッチンの流し台に向かって和子が立っていた。憂は床に散らばったままの靴下や服を見下ろし、パンツやシャツを一つ一つ拾い上げては身に着けていった。

「晩御飯までに宿題を済ませなさい」

「はい」

ランドセルから取り出した漢字ドリルをテーブルの上に広げ、憂は宿題をし始めた。流し台に向かって立っている和子は特に何もせず、その視線の先には束子《たわし》やスポンジの入った小さな笊《ざる》だけがあった。

和子が振り向き、冷蔵庫の扉を開けてすぐ閉めた。そして再び流し台と対峙する。

憂が何度か洟《はな》を啜《すす》った。

「テレビを点《つ》けてもいいわよ」と不意に和子が言った。

「分かった」と憂は体を捻り、リモコンをテレビに向けてボタンを押すと漢字ドリルに向き直った。背後のテレビから、聞き覚えのあるアナウンサーの声がする。夕方のニュース解説の番組である。明日は漢字の小テストがあり、憂はこれまでどの小テストでも満点を取った事がなかった。母親に似て勉強が出来ない。

「お母さん、ちょっと疲れちゃった」

そう言いながら和子は椅子に腰を下ろし、リモコンを摑んでテレビのスイッチを切った。突然の静けさに、家全体が微《かす》かに縮んだようだった。

憂は顔を上げず、漢字を書く手を止めない。

「まだお腹空いてないでしょ?」と、和子は娘の旋毛《つむじ》に向かって問い掛けた。憂はドリルにへばり付いたまま、頷いた。

「お買い物に行かないと駄目なんだけど、スーパーは危険」と和子は言った。

テーブルの上に、憂の布製の筆箱があった。その口は紡錘形《ぼうすいけい》に開いていて、中には短い鉛筆が魚卵のようにぎっしり詰まっている。憂は低学年児童みたいな大きな文字を書き、そのぎこちない運筆の軌跡を和子の目が追っていた。

「聞いてるの？」

憂が頷く。

「この間、火事があったでしょ、向町の工務店で。黒い煙が一杯に上がって、こっちにも臭ってきたわよね。あれは放火よ。無差別の放火。誰でもいいのよ相手は。お母さんでも憂でもいいの。この国の人間なら、男でも女でも大人でも子供でも構わないの。分かるでしょ？」

書きながら、憂は頷いた。

「人が大勢集まる所は危険。駅、映画館、学校、病院、市役所、みんな危険。憂の学校は安全だって担任の先生が言ってたけど、一体何の根拠があってそんな事が言えるの、あの女に。憂だって嫌いでしょ？　あの女。綺麗事ばっかり言って。『児童の命と安全な学校生活を最優先に運営されています』って、この文章の主語はどこにあるの？　主語って分かる？　分からないか。どうしてそんなに大きな字を書くの？　もっと小さい字を書いて、お願いだから」

ハッとした憂が筆箱の中に指を入れると、何本もの鉛筆が溢れ出し、テーブルの上を転がって、その内の三本が床に落ちた。憂は椅子に座ったまま身を屈め、拾おうとして手を伸ばした。二本には手が届いたが一本が遠くに転がっていて、それは母親の足元にあって、どんなに頑張っても届きそうになかった。その時憂は、真っ赤なペディキュアを塗った母親の足指がその鉛筆を探り当てて鷲掴みにするや、後ろ向きに投げ飛ばすのを見た。鉛筆は回転しながら冷蔵庫の下へと消えていった。

憂が紅潮した顔を上げると、和子が言った。

「何をしてるの？」

「消しゴム」と憂は答え、筆箱から消しゴムを捻り出しながら再び鉛筆を溢れ出させ、又一本が床に落ちた。同じように屈んで拾おうとすると、和子が「憂！」と叫んだ。

「はい」

「立って拾いなさい」

憂は椅子から立って近くの一本を拾い、母親の背後に歩いていって冷蔵庫の下を覗き込んだ。

「憂！」

「はい」

「そんな所にあるわけないでしょ！」

「はい」

「憂！　しっかりして頂戴！」

和子は立ち上がり、娘の両肩を摑んで激しく揺さ振った。

「そんな事だから、叩かれたり噛まれたりするんでしょ！　どうしてあんたはそんななの？　どうしてそんな、意味の分からない事ばかりするの？　殺されてもいいの？　あんたはとっくにターゲットになってるのよ！　誰も守ってくれないのよ！　極めつけに呆《ぼ》け呆けして！　あんた見てるとイーッてなる！　イーッてなるのよ！」

　憂は口を開けて酸素を吸った。

「謝りなさい！」

　蛍光灯の光を乱反射させて光る和子の目と、全ての光を吸い込む艶消しの黒い玉に過ぎない憂の目とが一瞬交わったかと思うと、すぐに離れた。肩から和子の手が離れた後も、憂はその場にじっと立っていた。和子は椅子に腰を下ろすと娘に背を向け、テーブルに両肘を突いて頭を抱えた。

「憂、あんた丸裸だったのよ」と和子は言った。

　憂は手の中の鉛筆を折ろうと、力一杯拳を握り締めた。

「丸裸でずっと立っていたのよ。もう、意味分かんない」

　しかし鉛筆は短か過ぎて、とても折れそうになかった。

「お母さんはね……」

　手の中で小さな音がした。

「もうあんたを守ってあげられないかも知れない」

　憂はそっと手を開いて、自分の掌を見た。折れた鉛筆の芯が、親指の付け根の薄皮の下に潜り込んでいた。

「御免なさい」と憂は言った。すると和子は振り向きざまに憂の細い体を引き寄せ、きつく抱き締めながら「嘘よ」と言った。

「お母さんは、絶対に憂を守る」

憂は右手を自分の目の前に掲げて、皮の中の鉛筆の芯をじっと見ながらもう一度「御免なさい」と言った。すると和子が憂の耳元で「謝れば済むと思ってるの？」と低い声で囁き、母親の腕に締め付けられた憂は鯉のように口をパクパクさせた。

二

開錠する音がして玄関ドアが開き、チェーンがドンッと突っ張って家が揺れた。

「俺だ」と声がした。

憂が素早く起き上がり、玄関に飛んでいく。

「憂、開けてくれ」

閉まるドアの隙間から覗く父の顔を見上げながら、憂は複雑な表情を作った。憂がチェーンを外すと、ドアを開けて体を滑り込ませた雄二《ゆうじ》はすぐに上体を捩ってチェーンと鍵を掛けた。

「お母さんは？」

「寝てる」

「晩御飯は食べたか？」

憂は首を振った。

「うらっ」

雄二はレジ袋に入った弁当を掲げた。憂は怒ったような顔で喜びを表現しながら、父親の作業ズボンに抱き付いた。ズボンには、憂の知らない外の世界の匂いが染み付いていた。

時刻は午後十時を回っている。

父娘はテーブルで向き合って、冷えた弁当を食べた。雄二は食べながら、カップの日本酒をチビチビと啜った。テレビの前に敷かれた布団に、和子が一人横たわり寝息を立てている。親子三人は毎夜、川の字になってここで寝るのである。

「随分腹が減ってたか？」と雄二が訊いた。憂は父親を見返し、キュッと首を捻ってから冷たいコロッケに齧り付いた。雄二は両の眉を上げ、娘に微笑み掛けながら「母さんは大丈夫だったか？」と言った。憂は更に首を大きく捻った。雄二は手を伸ばし、娘の頭を撫で回した。

「帰ったの？」と、身を起こした和子がテーブルの二人を見上げた。

「ああ」

「食べてるの？」

「お前の分もある」

「要らないわよ、そんな物」と言いながら立ち上がり、テーブルの席に着いた和子は雄二から弁当を受け取って蓋を取って食べ始めた。三つの咀嚼《そしやく》音が弁当の匂いと共に部屋の中に満ち溢れ、三人は暫くの間それぞれの生の営みに没頭した。

憂がランドセルから水筒を取り出して、冷えた茶を啜った。

「何があった？」と雄二は、母娘どちらにともなく訊いた。

「何もないわ」と和子が答えた。

「電話したんだが、切れた」

「そう」

「お母さんが私を裸にした」と憂が口を挟んだ。

「どういう事だ？」

「痣があるって」と憂が言った。

「痣って何だ？」

和子が反射的に娘の頬を裏拳で叩いた。憂は「ひっ」と短い悲鳴を上げ、「あ、御免」と和子が言った。憂は怒った犬のように、鼻に皺を寄せた。

「痣はどこにある？」と雄二は訊いた。

「まだないわ」と和子が言った。

憂が下唇を震わせている。

「まだないってどういう事だ？」

「この子はターゲットになってるのよ」と言うと、和子は柴漬けをコリコリと噛んだ。憂の顔が声もなく崩れ始め、やがて泣き顔になった。その顔は、干涸びた沢庵を思わせた。

「この子は、殺されるのよ」

「何を言ってる？」

「この子はもうすっかり標的なのよ」

「誰の標的なんだ？」

「そんなの無数にいるじゃないの！」

和子は最後の飯の一塊を口に入れ、湿り気のある音を立てながら嚙んだ。雄二は娘が声を立てずに泣いている醜い顔を眺め、もう殆どなくなりかけている日本酒を呷《あお》ると妻に向かって「和子」と呼び掛けた。

「何よ」

「お前、いい加減にしろ」

「何なの？」

「心配も程ほどにしろ」

「は？」

「頭がおかしいんじゃないのか」

するとを憂が歯を剝いた。雄二はその歯に真っ黒な海苔がへばり付いているのを見て、思わず目を逸らした。憂は誰に似たのか、病気の蛙のような顔をしていた。可哀想なほど、二親のどちらにも似ていない。体の中で何かが崩れていくような、どこか退廃的な印象すらあった。

「お母さんが私を裸にして立たせた」と憂が言った。

「もういい」と雄二が言った。

「寒かった」

「もう分かったから、シャワーを浴びてこい」

憂は弁当の殻を持って立ち上がり、流し台横のゴミ袋にそれを入れると風呂場に向かった。脱衣所で裸になると、憂は自分の体を眺めた。

皮膚には透明感がなく、顔も体もウーパールーパーそっくりで、大人の兆候などどこにも見られない。憂は俯いて風呂場に入り、しゃがんで放尿しながらシャワーの冷たい水が温水に変わるのを待った。

シャワーの音を耳にすると、雄二は立ち上がってガスコンロの前に立ち、換気扇を回して煙草を吸い始めた。

「酷い児童集団がいるの」と和子が言った。

「何だって？」

「学校に、酷い連中がいるのよ」

「いじめっ子集団か？」

「そうよ」

和子は雄二にスマートフォンを差し出した。雄二は銜え煙草の煙に目を潤ませながら受け取り、何枚もの打撲のあとや痣の画像をスクロールした。

「いずれ憂もこうなるわ。分かるでしょ？」

「ああ」

「その写真の子は脳挫傷を負って、後遺症が残ったのよ。いずれ死人も出るわ」

「犯人は捕まったんだろう？」

「捕まるもんですか。お決まりの『調査の結果いじめのような事実関係は認められなかった』よ。彼らには権力の後ろ盾があるのよ。学校も全く信用出来ない」

雄二は幼い児童の痛々しい画像を繰り返し眺めた。

「やられたら、それでおしまいなのよ」

「そうだな」

「だから先制的に報復するの」

「先制的に報復？」

「そういう動きがあるのよ」

「どこに？」

「良識ある保護者の間によ」

和子は夫を見たが雄二は目を逸らし、二本目の煙草に火を点けた。

「臭いが付くからスマホを返して」

「ああ」

スマートフォンを受け取ると、和子は憂が飲んでいた水筒の茶を湯呑に入れてズッと啜った。

「『児童の命と安全な学校生活を最優先する』という学校の教育方針を、私達なりに解釈し直して実践するのよ」

「お前、その動きに何か絡んでるのか？」

「反対はしていないわ」

「その良識ある保護者達は、具体的に何をするつもりなんだ？」

「少なくとも、腐った連中の頭に後遺症を残す程度の事はする筈よ」

雄二は深々と煙を吸い込み、換気扇に吹き付けた。そしてＴシャツの裾でスマートフォンを磨いている妻の横顔を見て、こう言った。

「それは全部お前の妄想じゃないのか？」

和子はスッと立ち上がって夫の側に歩み寄り、抽斗《ひきだし》を開けて菜箸を一本取り出すとその先端を雄二の顔に向けた。雄二は一瞬顎を引き、眉を顰《ひそ》めた。和子は突然その場にくずおれ、床の上にうつ伏せになった。そして菜箸を冷蔵庫の下に潜り込ませて、盛んに何かを掻き出し始めた。金属を叩く音に混じって、何かが転がる音がした。雄二は煙草を手に妻の奇行を眺めた。すると冷蔵庫の下から、埃《ほこり》の塊と共に短い鉛筆が転がり出てきた。それを拾うと和子は立ち上がり、テーブル脇に転がった憂のランドセルから取り出した筆箱に押し込んで、ファスナーを閉めた。そしてパンパンに膨らんだ筆箱を夫の目の前で揺らしながら、「妄想じゃないわ。これは現実よ」と言った。

三

真冬の風が、小さな家を揺らしている。

日曜日だった。

胡坐《あぐら》をかいてテレビを見ていた雄二は、身を乗り出した。画面の中では国旗を付けた戦車が列を成し、遠い国の大地を疾走していた。画面が切り替わると、白い建物の密集した地域が爆撃を受けて木っ端微塵になり、その瞬間雄二は右拳をグッと虚空に突き出した。

ふと見ると、傍らに寝ていた憂が、寝返りを打とうとして全身を硬直させ、唸《うな》り声を一つ発した後、諦めたのか筋肉を一気に弛緩させるのが分かった。憂の顔の左半分に塗られた軟膏が、窓からの日光に照り映えている。雄二はそっと娘の腕に触れ、その余りの柔らかさに慌てて手を引っ込めた。

半月前、工場の遅番の日に胸ポケットの携帯電話が振動し、「憂、ヤケド。すぐ帰ってきて」というメールを彼は見た。定時まで働き、帰宅してみると家は空で、和子に電話すると今病院にいるという。駆け付けると、顔の左半分を赤く腫らした憂がベッドに寝ていて、丸椅子に腰掛けた和子が憂の足元で項垂れていた。

雄二の姿を一瞥《いちべつ》すると、和子は「一緒に茹で卵を作っていたの」と口を開いた。

「憂がマットで滑って転んで、私は慌てちゃって、鍋の取っ手に肘を引っ掛けて、卵とお湯が憂の顔に」

「そうか」

「私のせいよ」

「酷いのか?」

「左頬が水ぶくれになるんですって。明日にならないと正確には分からないけど、Ⅱ度の火傷だって。でも、大きく目立つような痕は残らないそうよ」

「そうか」

雄二は妻の肩に手を置いてから、娘の顔を覗き込んだ。規則正しい寝息。ワセリンを塗られた頰は、確かに皮膚の一部が浮き上がって水ぶくれの兆候が見られた。

「ガーゼは当てないでいいのか？」

「最近は、顔の火傷には当てないそうよ」

「当分、病院通いか？」

「一週間か十日」

「うむ」

雄二は煙草を吸いに、病院の敷地を出た。病室を出る時、彼は妻の背中に向かって「お前、わざとやったんじゃないのか」と言ったが、その声は自分自身にも聞こえないほど小さかった。

雄二はその時と同じ形相になっている自分の顔を、強く掌で擦った。

憂の火傷は、既にほぼ治っている。

しかし真っ白だった頰には斑《まだら》な色素沈着が残り、そのせいか憂の顔には妙に大人びた、と言うよりまるで厭世《えんせい》的な老婆のような暗い影が差していた。

「もう軟膏は塗るな」と雄二は言った。

テーブルに突っ伏していた和子が、顔を上げた。

「どうして？」

「塗り過ぎは良くない」

「今日でおしまいよ」

「そんな事より、買い物に行くぞ」

「分かった。憂を起こして頂戴」

病院通いで幾分慣れたのか、和子が以前のように外出を固辞する場面は減ったものの、特に大きく変わったという具体的な徴《しるし》は見られない。

和子が洗面所に立ち、顔や頭を整え始めた。雄二は憂を抱き起こし、「買い物に行こう」と言った。離れた両目をゆっくりと開けた憂は、口の中で舌をチャプチャプ言わせながら「はい」と答えた。その呼気を浴びて、雄二は息を止めた。

雄二が覗き窓から外の様子を窺《うかが》い、玄関扉から突き出した首を左右に巡らせた後、憂を間に挟むようにして三人は家を出た。

冷たい風が吹いていた。

憂はコートのフードを頭に被り、和子は首に厚手のマフラーを巻いている。雄二は作業用ジャケットの襟を立てて首を竦《すく》めた。

三人は一列縦隊になって道の端を歩いた。

脇道に差し掛かる度に彼等は路地を覗き込み、人や自転車の有無を確かめる。背後から自動車のエンジン音が聞こえると足を止め、通り過ぎるまでじっと待った。手袋を嵌《は》めた手に持った傘を、雄二は歩きながら何度もクルクルと巻き直して極力細くした。天気は下り坂で、傘を持っている事はそれほど不自然ではない。

　県道に出ると、歩道の端を縦に並んで歩いた。

　前方からジョギングをする中年の男が近付いてきて、擦れ違い様に猛然とピッチを上げた。男の視線は、雄二が脚の陰に隠し持っている傘に向けられていた。

　遠くでクラクションの音がした。三人は揃ってその方角を見遣った。県道の向こう側の歩道を往く何人かの人間も、一斉に同じ方向を見ている。歩道の人間達の頭上には四階建ての老人ホームのビルがあり、その上に拡がる空には濃い雲が渦巻くように流れていた。

「畜生、寒いな」と言いながら、雄二が両手の手袋を擦り合わせた。

「あなた、ちゃんと周りを見て」と和子が注意を促す。

　国道を渡ると、目指すスーパーがある。国道の交通量は県道とは比較にならず、ダンプカーやトレーラーといった大型の車も頻繁に往来していた。三人は国道から極力距離を保って信号待ちをした。歩行者用の信号機が青になると、彼らは一塊になり、駆け足で横断歩道を渡り切った。

　二階建ての「スーパー萬《まん》」には、日曜の午後に纏《まと》め買いをする悪習からなかなか抜け出せない買い物客がウロウロしていた。雄二は、入り口の検査ゲートの係員に傘を渡して預かり札を受け取った。

「思ったより混んでるな」

「早く済ませて帰りましょう」

「いちいち言わないでも分かってる」

「憂、余所見《よそみ》しないで」

一向に消える気配のない眉間の皺と猜疑心《さいぎしん》に満ちた目付きが、比較的整った和子の顔立ちを台無しにしている事に雄二は気付かない風を装った。憂は子供らしい好奇心を膨らませながら、クリスマスセールと銘打たれた商品をキョロキョロと眺め回している。

中学生の集団、家族連れ、老人、若い娘、カップル、背広姿の男、どこかの店の店員、東南アジア出身と思しき外国人、警備員、腕章を巻いた係員などが次々に通り過ぎ、その誰もが不測の事態に対してそれぞれの流儀で身構えているかのようでもあり、そんな事にはまるで無頓着のようでもあった。

雑多な商品を眺めている内に、和子の顔から少しずつ険しさが消えていくのを認めた雄二は眉を八の字にして、「何か欲しい物があれば言え」と妻と娘に言った。その時和子と憂が同時に顔を輝かせたのを見て、雄二は大袈裟に頷いてみせた。

行く先々の柱や壁等には、過剰と思えるほどの貼り紙が重ね貼りされている。

「少しでも不審物や不審者との疑いを持たれた場合は、間違いを恐れず係員にお知らせ下さい。誤報による責任は一切問われません」

「特に理由なく、係員が声をかけさせていただくことがあります」

「特に理由なく、係員がお荷物をあらためさせていただく場合がございます」

「特に理由なく、お買い物袋の中を点検させていただくことがあります」

「走らないで下さい」

「絶対に大声を出さないで下さい」

「お客様の動向は常時記録させていただいております。監視カメラ作動中」

或るコーナーの前で「あなた、見て」と和子が足を止めた。他にも大勢客がいて、ワゴンの中の置物に手を伸ばしては品定めしている。憂が人垣に素早く体を潜り込ませ、中の一つをひょいと摘み上げて両親に示した。

「獏《ばく》のお護りよ」と和子が言った。「夢をクウバク」と名付けられた七百五十円の獏の置物であった。説明書きには「枕元に置くだけで、バクがあなたの悪夢を食べてくれます。安寧のためにどうぞ」とある。

「安寧のために、か」と雄二が呟いた。

「これ欲しい」と憂が言った。

飛ぶように売れているという本物の「夢を食う獏」の置物は数万円、高い物だと数百万円もする。これは明らかな模造品で、同一商品名を避けてカタカナにしている。しかし一応木彫りで、それなりの手作り感はあった。ワゴンの中身はなくなりかけていて、売り子の一人の中年女が突然「顔の良いモノ、顔の良いモノをお探し下さい。目と目が合えばピンとくる。それがご縁でございます。はいはい」と節を付けて口上を述べた。すると客達の反応が激しくなり、「クウバク頂戴」「クウバク頂戴」と忽《たちま》ち奪い合いのようになった。和子が憂を連れて後ずさった。結局三人の手元に残ったのは、最初に憂が摘み上げた一体だけだった。それを眺めて和子が「目が合わないわ、こいつ」と言った。「これが欲しい」と憂が言い、「よし買おう」と雄二が答えた。混雑のせいで支払いを済ませるまでに時間が掛かり、和子が目に見えて不機嫌な顔になる。

食品売り場で食材やお菓子をどっさり買った後、二階の本屋に行きたいと言い出した憂に向かって「もう帰るのよ」と和子は言った。

「いいじゃないか本屋ぐらい」と雄二が言った。

「何か悪い予感がする」

「そんなの、当たらない予感だ」

「だって頼れるのは予感や予測だけでしょう？」

三人とも、両手にレジ袋を提げている。

雄二はうんざりした顔で、「煙草が吸いたい」と言った。

「憂、お父さんは煙草が吸いたいのよ。だからもう帰るの」

「本屋さんに行きたい」と憂は、蛙のような顔を父親に向けて訴えた。野菜の入ったレジ袋を提げた小さな指先に、血の気がなくなっている。

和子は娘の願いを無視して歩き出し、父娘は無言で後に続いた。

出口には行列が出来ていて、五人の係員が客を捌《さば》いていた。十五分ほど並んだ後、三人は漸く荷物とボディのチェックを受け、雄二は預かり札を渡し傘を受け取った。「傘の先は下に向けて下さい！」背後から係員に注意され、雄二は小さく舌打ちをして作業ジャケットの襟元に傘の取っ手を引っ掛けて歩いた。そして少し離れた場所で「過剰警備だ」と吐き捨てた。

「憂、重くないか？」と娘に訊いたが、憂は押し黙ったまま黙々と歩いている。

「皆どうかしてるぜ」と彼は店から出てくる客を眺めながら言った。

「ビクビクしやがって」

「あなた。しっ」と和子が周囲を気にしながら、眉間に皺を寄せて雄二を見た。

「敵はどこにいるか分からないのよ」

「何が敵だ！　俺は煙草が吸いたいんだ！」

「しっ、しっ。声が大きいわ」

その時突然人々のどよめきが沸き起こり、それは大きな空気の塊となって彼らの背中を打った。三人は咄嗟に振り返った。同時に「わっ！　わあーっ！」と甲高い声がした。店の中から数人の中学生が走り出て来て「来た来た来た！」と叫びながら逃げて行った。彼らの後ろ姿をぼんやり見送っていた買い物客達は、「走らないで下さい！」「チェックを受けて下さい！」という係員の叫び声を聞いた途端、誰からともなく駆け出し、その流れはあっという間に広範囲の客へと伝播した。チェックを無視して、出口からドッと走り出してくる人々で周囲は忽ち溢れ返った。

「何でもない！」と雄二は妻と娘に言った。

「中学生がふざけただけだ」

走り去る中年男の体当たりを受け、レジ袋を吹っ飛ばされた憂の体が大きくよろめいた。

「憂！　袋を抱っこしなさい！」と和子が言った。落ちたレジ袋から、玉葱やジャガイモが転がり出ている。慌ててしゃがみ込み、拾い集める和子の背中に雄二が叫ぶ。

「そんな事は後にしろ！」

「後にしてどうするのよ！」

その瞬間、店の中からドンッという大きな音がして、雄二は反射的に走り出した。

「和子！　憂！　逃げろ！」と振り向きざまに叫ぶと、人波の中に蹲る妻と、その傍らでレジ袋を抱いたまま平然と左頬を掻いている娘の姿があった。

雄二は顔を激しく歪《ゆが》ませながら声を張り上げた。

「何をしている！　馬鹿かお前らは！」

係員の声が響き渡る。

「心配御座いません。今のは陳列棚の倒れた音です！　皆さん、落ち着いて下さい！」

四

十二月の半ば、雄二が帰宅すると玄関扉を開けた和子が笑っていた。

「どうした？」と訊くと「やったわ」と言う。

「何をやった？」

「見て」と和子はスマートフォンに映し出されたニュース記事を示した。

見出しには「マイクロバス転落　4家族13人死傷」とあった。

「これがどうした？」

「この人達、うちの小学校なのよ」

「そうなのか？」

「やったのよ」

「何が？」

「先制的に報復したの」

「何を言ってる？」

その時、布団に横になっていた憂が上体を起こした。

「憂、もう寝なさい！」

憂は反射的に仰向けになり、両親の会話の内容が分かっているのか分からないのか、不自然にふてぶてしい笑みを父親に向かって投げるや、掛け布団を被った。雄二は娘に曖昧な笑みを返し、スマートフォンを見詰める妻を訝《いぶか》しげに睨み付けた。

その日以降、和子は再び極度に外出を恐れるようになった。


「必ず仕返しがあるわ」

クリスマスイブの夜に、和子は言った。

「そういうものでしょう？」

「そうかもな」

「世界は報復の原理で動いているのよ」

「しかし、力の差があるだろう」

「どんなに力の差があっても、やられる者はやられてしまって、結局やられ損なんだわ」

テーブルの上に小型のクリスマスツリーと、食べ終わった後のケーキ皿が三つ置かれていた。

家族でささやかなクリスマスを祝った後、雄二と和子は向かい合ってビールを飲んでいる。音を消したテレビ画面には多国籍軍の行軍の様子が映り、画面の光を受けた憂の寝顔が目まぐるしく色を変えていた。左頰の一部に、光を強く反射する皮膚の突っ張りが残っている。

「こう見ると我が軍も、なかなかカッコいいな」と言いながら、雄二がゲップした。

「男って幼稚ね」と吐き捨てて、和子は缶ビールを飲み干した。

画面にテロリスト集団が映し出された。

「見て。敵よ」

「チマチマやってないで、こいつら皆核兵器で全滅させればいいんだ」と雄二が言った。

やがて二人は競うように欠伸《あくび》を始めた。

「あんまり喜んでなかったな」

「何？」

「憂だよ」

「プレゼントの事？」

「ああ。欲しがっていた筈なのにな」

憂の枕元にはジュニア版の『吾輩は猫である』が置かれている。

「見栄を張ったのよ。本当はろくに読めもしないんだから」

「そうか」

「私達の子なのよ」

「そうだな」


三人は川の字になって寝た。

テレビを消すと、家の中は外より暗くなった。

夫婦それぞれの溜息のような寝息と、寝返りを打つ時の衣擦れの音が続き、やがてどちらともなく死んだように静かになった。冷蔵庫のモーターの振動が冷たい床板を伝い、敷き布団の中に吸い込まれて消える。

憂が左頬をボリボリと掻き、剝がれた皮膚が粉となって枕の上に舞い落ちた。

家の遥か上空を、無音の無人機が飛んでいる。

玄関の板間と部屋を隔てたドアが、外気に押されて微かに軋《きし》んだ。

玄関扉には、既に隙間が開いていた。

伸びたチェーンが、外の街灯の光を浴びて光っている。その隙間から、大型の番線カッターの刃が忍び込んできてチェーンに嚙み付いた。刃はゆっくり狭まって、水飴のようにチェーンを断ち切った。切られたチェーンが玄関扉に当たった音で、和子が目を覚ました。

「来た！」と彼女は言った。

「どうした？」

「お母さん！」

起き上がる間もなく、黒服の男達がドアを蹴破ってなだれ込んできて雄二の顔を殴り付けた。雄二は二人の男によって、あっという間に家の外へと運び去られた。

「憂！」

目の前に巨大な剣が、翻《ひるがえ》ったと思う間もなく憂の腹に突き立っていた。和子は目を剝いた。引き抜かれた剣は間髪を入れずに憂の胸を刺し、口から噴き出した血が『吾輩は猫である』を濡らしている。和子は咄嗟に男の太い足に嚙み付いて、狂ったように頭を振った。その時、物凄い爆音がして家が揺れた。それを合図に和子は蹴り飛ばされ、男達が一斉に外に向かって走り出した。空気を切り裂くような音が、頭の上でどんどん大きくなってくるのを彼女は聞いた。咄嗟に憂の体を胸に搔き抱き、世界を呪いながら和子は最期の瞬間を待った。

跳ねるように起き上がると、彼女は憂がベソをかき、雄二が魘《うな》されている姿を見た。

「憂！　憂！」と彼女は連呼し、掛け布団を剝いで娘のパジャマを脱がし始めた。

「何だ？　どうした和子！」と雄二が叫んで灯りを点けた。

「憂が怪我をした！　憂が怪我を！」

「落ち着け！　夢だ！」

「お母さん痛い！」

雄二は咄嗟に頭を抱え、妻の行為を止めるより先に自分の悪夢を頭から締め出す事に集中しなければならないようだった。和子は死んだネズミを弄ぶ猫のように、娘の裸体を何度も裏返しては荒々しい手付きで点検した。憂は激しく抵抗し、暴れながら声を上げげた。その娘の頬を、和子は何度か叩いた。やがて憂は両手で顔を覆ったまま横を向き、声を殺して腹筋だけを使って泣き始めた。和子は突然敷き布団の上に立ち上がり、しげしげと娘を見下ろした。

「あなた」

「何だ」

「憂を見て」

「泣いてるじゃないか。服を着せてやれ」

「私はもうこの子を守れない」

「そんな御託《ごたく》は聞き飽きた」と言い放ち、頭を振りながらも、雄二は言われた通りに娘の裸体を見た。

「見たでしょ！　この子の体は日本列島の形をしているのよ！」

雄二は妻を押し除け、頑《かたく》なに抵抗する娘に強引に服を着せて布団を掛けた。

「それがどうした？」

「この家に、空から爆弾が落ちてくるって事よ！」

すると憂が掛け布団を撥ね除けて立ち上がり、二親に向かって叫んだ。

「てめえら、さっきからつべこべうるせーんだよ！」

即座に和子の平手が左頬に命中し、憂の体は吹っ飛んだ。

同時に雄二が立ち上がり、和子に拳固を浴びせた。

「憂！　そんな口の利き方は絶対に許さないからね！　許すもんか！」

「和子！　目を覚ませ！」

「何よあんた！　スーパーで私達を見棄てて一人で逃げたくせに！」

憂が声を上げて泣き始め、三人は瞬時にスクラムを組んで布団の上に崩れ落ちた。


暗闇の中、親子三人が寄り添って一つの布団に寝ている。

「これを忘れてたんだ」

「そうね」

「もう大丈夫だ」

「ええ、心配ないわ」

憂の布団の上に七百五十円の「夢をクウバク」が載っている。その上に雄二と和子が手を添えて、互いの指を撫で合っていた。

「憂、顔が痛いの？」と和子に訊かれ、憂は枕の上で頭を振った。

「悪夢はもう見ないわ」

「そうだ」

両親の寝息が規則性を帯び始めた頃、憂がゆっくり目を開け、口を大きく動かし始めた。それは暗闇の中で延々と続いた。誰にも見えず聞こえもしないその信号は、夜明けを迎えても一向に終わる気配もなく、いつまでも空に向かって放たれ続けた。

宗教

「古い基礎を人々は貴ぶが、同時にどこかで再び初めから基礎を築きだす権利を放棄してはならない」(ゲーテ)

一

三十六歳になる独身の女です。

告白をしたいと思います。

名前は栗原《くりはら》ゆき子《こ》と言います。

県立高校の公民科の教員ですが、今は休職中です。

家賃四万円のアパートで独り暮らしをしています。私の部屋は一階の一番奥です。トイレとシャワーが付いていますが、バスタブはありません。冬は二日に一度、夏は毎日髪を洗います。たまに買い物に出掛けます。洗濯機は部屋の外にあります。洗濯物は部屋の中に干します。日当たりはよくありません。

休職中は無給ですが、共済組合と互助組合から給料の七割が支給されます。休職期間は三年が限度です。まだ二年ほどありますが、切れたら退職しなければなりません。しかし復職は考えていません。貯金は二百万円ほどです。

私は職場からの電話にはまず出ないので、時々葉書や手紙が届きます。突然アパートを訪ねて来る人もいます。先日も、田所《たどころ》先生が私の様子を見に来ました。田所先生は学年主任の女の先生です。四十五歳ぐらいだと思います。

ドアを開けた私を見て、彼女は「まあ」と声を上げました。

「寒くない？」

「はい」

「鳥肌が立ってるようだけど」

「大丈夫です」

私は二人分のコーヒーを淹れました。私達はカントリーこたつテーブルを挟んで向かい合って座り、彼女が持ってきたマドレーヌを一緒に食べました。

暫くすると彼女は、カントリーこたつテーブルの下に置かれた箱を覗き込みながら、「これは何？」と訊きました。

「カタログを写した紙を入れてある箱です」と私は答えました。

箱の中には、B４の紙が百枚ほど入れてありました。

「見せて貰ってもいい？」

「どうぞ」

「これ、全部あなたが描いたの？」

「はい」

私はちゃんと隠しておかなかった事を後悔しましたが、後の祭りでした。とても熱心に眺めている田所先生に、私は小型ラック（ダークブラウン２－Ｄ）にぎっしり詰まった「ヌッセン総合カタログ」から一冊を引き抜いて手渡しました。

「これを写しています」

彼女はカタログと私の写しとを見比べながら、「とても細かいわね」「え？　こんなところまで」などと頻《しき》りに呟いていました。

「一つ訊いていい？」

「はい」

「どうしてこんなに熱心にカタログを写すのかしら？」

「今の私は謹慎中のようなものですから」と私は嘘を吐きました。

「あ〜」と、田所先生はピンと来たようでした。うちの高校では、停学処分を受けた生徒は、教科書を書き写すという課題をさせられるからです。しかし私は、自分が謹慎中だと思った事は一度もありません。

「栗原先生は絵がお好きなの？」

「いいえ」

「でも、とても上手よ」

「有難う御座います」

田所先生は職員会議や学年会の資料の入った紙袋を手渡そうとしてきましたが、私は丁重に断って、持って帰って貰う事にしました。そんなものには何の興味もありませんでしたから。

「早く復帰してね」

ドアを小さく開けた田所先生は「見送りはいいから、そこにいて」と私を制し、身を捩るように外に出て、隙間から手を振ってドアをピシャリと閉めて帰っていきました。私は全裸でしたから、外の誰かに見られるのを気遣っての事だったと思います。年度替わりだったので、彼女は学年主任として私の復帰の可能性を探りに来たのでしょう。

二

今日も告白をします。

夜でした。

玄関ベルが鳴ったので出てみると、景山《かげやま》先生でした。同じ学年の、四十二歳の男の先生です。チェーンの幅の隙間から覗いた彼の目玉が、一瞬の内に私の頭から爪先までの間を目まぐるしく往復しました。そして「夜分に済みません」と言ったその口調には、明らかに落胆の色が混じっていました。

私は綿混あぜ編丸首プルオーバー（黒×ホワイト系）に、ヨコめちゃ伸びストレッチデニム（ネイビー系・股下76センチ）、デザインクルーソックス（ベーシック柄）という恰好でした。彼は田所先生に、私がアパートで全裸だったと聞いてきたに違いありません。

「何でしょう？」と私は目を伏せながら訊きました。

「いや、どうしてるかなと思って」と、景山先生は言いました。

「元気にしております」

「そうですか」

「はい」

「新しいクラス分けとか分掌表の資料を持ってきたんだけど」

私は顔を上げて、景山先生の顔を見ました。「ヌッセン総合カタログ」には男性モデルが二人いて、その内の一人は、絵に描いたようなお洒落なダイニングキッチンで、コーヒーカップ片手に若妻に話し掛けるポーズを取っています。私は整い過ぎた顔立ちのこのモデルが嫌いで、わざとブ男に描いたりしています。景山先生は鼻と足首が、このモデルに似ていました。

「そんな資料は要りません」と、私はきっぱりと断りました。

「ちょっと、中に入れて貰えない？」

「どうしてですか？」

「トイレを貸して欲しいんだ」

「分かりました」

私は固くドアを閉めて鍵を掛けました。

暫くすると、ノブを回す音とドアを叩く音がしました。

「ドアが閉まっちゃってるんだけど」

「…………」

「ちょっとホントにお願いだよ」

「…………」

「ゆき子、マジで漏れそうなんだって！」

私は、こんな男にゆき子と呼ばれる筋合いはありません。確かに何度かデートのような事はしましたし、乳房や尻を揉まれたりキスされたりした事はありますが、呼び捨てにされるほど親密な関係ではありませんでした。しかも、もう何年も前の話です。二十代半ばだった頃のまだ何も分かっていない小娘の頃に、大して可愛くもないのにチヤホヤされて調子に乗るなとおばさん教師達に言われて落ち込んで、強《したた》かに酔って、訳が分からなくなった挙句にそんな事をしてしまったのです。私は大学院まで進みましたから、二十代半ばと言っても教師になりたてでした。その日の歓送迎会が跳ねた後、先輩面をした景山先生は私をタクシーに乗せてアパートまで送り届けてくれました。このアパートです。そして私を部屋に入れると、当然のように色々な所を触ってきました。そんな事は何でもありませんでしたが、私は彼の口から樟脳《しょうのう》のような臭いが漂ってくるのが不愉快で堪《たま》りませんでした。その時既に景山先生は結婚していて、お子さんもいた筈です。

「こんなに大きな尻をしやがって！」と、彼は盛んに私の顔に熱い息を吹き掛けてきました。

私はその時、短いプリーツスカート（商品番号０１６０３）を穿《は》いていました。景山先生は私の生足やお尻を精力的に撫で回しながら、盛んに「ゆき子、ゆき子」と呼び捨てにしてきました。私はその時ふと思い立って、小さな声でウエストリブ付きロールアップパンツ（ゆったりヒップ）のサイズと価格を暗誦し始めました。

「73～80　本体￥３、９００＋税　84～92　本体￥４、３９０＋税　96～122　本体￥４、７９０＋税　商品番号２６１０４　色記号　Ａ＝ブラウン　Ｂ＝ベージュ　サイズ記号……」

「何言ってんの？」と彼は訊いてきましたが、私はずっと暗誦を止《や》めませんでした。

「サイズ記号73　股下73　前股上24　渡り幅32　裾幅21……」

するとまるで空気の抜けた浮き輪のように、景山先生の全身から力強さがなくなっていくのが分かりました。念仏のような数値の誦読が、彼の精気を阻喪《そそう》させてしまったのかも知れません。私は既にその頃、「ヌッセン総合カタログ」のデータを沢山暗記していました。オリジナルの節を付けてそれを詠唱する事は、私の密かな喜びだったのです。

私はその場に立ち上がって、部屋の灯りの紐を引っ張りました。生活全般の品々を網羅した「ヌッセン総合カタログ」には、照明器具が掲載されていません。必要なのは照明ではなく召命だからです。蛍光灯の煌々《こうこう》とした灯りに照らされた景山先生が、慌ててズボンを引きずり上げる姿は滑稽で、私は鼻で笑いました。彼は「またね」という馬鹿げた言葉を残して、早々にアパートから出て行きました。

そんな男に、自分の名前を呼び捨てにされる謂《いわ》れは私にはないのです。

「ゆき子、もう漏れるよ」と景山先生はまだしつこく言ってきます。

「どうぞ、その辺りに勝手に放尿なさって下さい」と私は答えました。

それから先の事は知りません。大方、玄関外の草叢で用を足したのでしょう。

私はスティレスが溜まると服を全部脱いでしまいます。

窓には遮熱・1級遮光カーテン（遮光率99・99％以上　断熱効果率58％　保温効果率50・8％　ブラウン　本体￥3、690＋税）が掛かっていて、外からは見えません。昼間は、春の陽射しが欲しいのでこのカーテンは開けていますが、遮熱見えにくいレースカーテン（見えにくいレベル1）は閉めています（田所先生の時はこれでした）。ワイヤー有リフトアップブラジャーとストレッチショーツ（共に黒）を取り去ってしまうと、心身共にとても楽になって、私はすのこベッド（高さが調整できるタイプ）に飛び込んで、防菌防臭二枚合わせ掛け布団（エクセレントダウン30％　ダックダウン70％）を股の間に挟むと、渾身の力で胴締めを食らわして大きな腰を振り回しました。

三

買い物に行きました。

近所のスーパーに行きました。

曇り空でした。

外に出ると、アパートの二つ隣の部屋に住む老人が草刈りをしていました。老人は私に尻を向けていましたが、ドアを閉める音に気付いて、股の間から上下が逆さまになった顔で睨み付けてきました。手に持った草刈鎌の切っ先が、私の方を向いていました。その時、老人の小鼻がピクッと引き攣《つ》るのを私は見ました。黄疸《おうだん》の出た目が鋭い敵意を帯びていましたが、見慣れた石灯籠に誰も関心を示さないように私は彼という存在に全く関心がなく、すぐにその場を通り過ぎました。その時老人は、草刈鎌をヒョイッと動かして、一瞬私に投げ付けるような仕草を見せました。本人は脅したつもりのようでしたが、そんな鈍い動きでは猫ですら驚かなかったに違いありません。悲しくなるほど幼稚な老人なのです。

アパート周辺は、車が出入りできない狭い路地になっています。

路地のアスファルトは湿って冷たく、表通りのアスファルトは幾分温もっていました。私は足指を大きく開いて、地面の温度を味わいながら歩きました。

もうすっかり春でした。

県道に出ると、行き交う車やトラックによって大きく攪拌《かくはん》される空気の渦を全身に感じました。鋼材や材木を積んだトラックは、湾岸の倉庫地帯から国道へと走り去っていきます。高い運転席から投げられた視線を感じながら、私は小さなガラス片や小石を踏まないように絶えず下を向いて歩きました。

「スーパーマーケット・ダニエル・P・S」の床はひんやりとしています。

買い物客の半数は、いつも決まって高齢者でした。

私は出入り口に平積みにされている「ヌッセン総合カタログ」の前で立ち止まると、一冊を手に取って二、三分間撫で回しました。これが置いていない店に行く事など考えられません。しかし幸いな事に、「ヌッセン総合カタログ」は沢山の店に置かれているのでした。

野菜売り場の床の一部が、どういうわけか濡れていました。

私はわざとその水溜まりを、ピシャピシャと踏みしめて歩きました。振り返ると床の上に、私の付けた足形が点々と残っています。やっと楽しくなってきました。

店内を一周して野菜売り場の手前の角まで戻って来ると、店員が床にモップ掛けをしていて、せっかくの足跡が消されていくところでした。その女性店員は手を止めて背筋を伸ばし、私の方をチラッと一瞥すると、何も見なかったかのように再びモップ掛けを始めました。

空の買い物籠を持って佇《たたず》んでいると、背後から声がしました。

「あんた、どうして裸足なの？」

振り向くと、カートにしがみ付くように一人の老婆が立っていて、小首を傾《かし》げています。

私は答えました。

「裸になったら困るからです」

老婆の籠の中には、焼酎のパックが一本転がっていました。

「どうして、靴を履いてないん？」

「スティレスが溜まると、裸になってしまうからですよお婆さん」

私はベージュ地×黒（サイズ記号M）のワンピースを着ていましたから、裸になるのは簡単です。

「スティレスって何なん？」

「ストレスの事よ」

「どうして靴を履いてないいん？」

「服を着てるだけでスティレスが溜まるの。だからせめて靴を脱いで、爆発しないようにしているのよ婆さん」

「冷とうないいん？」

「全然」

老婆は暫く私の足を眺めていましたが、突然カートを回して方向転換しました。その時彼女のカートのキャスターに右足の小指と薬指を轢《ひ》かれ、私は「あ」と声を上げました。しかしそれ程大きな痛みはなく、弾かれるようにして野菜売り場に向かって歩き出しました。注意はしていても、三回に一回はこのようにやられてしまうのです。お尻にカートを突っ込まれた事もありました。きっと彼女は狙い澄まして、わざとやっているに違いありません。認知症の振りをしていますが、目の中にははっきりと冷笑が潜んでいます。次は負けるもんかと、私は奮い立ちました。

この老婆が毎度話し掛けてくるのは、きっと私に興味があるからだと思います。いつか彼女も裸足で買い物に来る気がして、それが今から楽しみでなりません。

野菜売り場に行くと、モップの店員が「お客さん、靴を履いて来て下さい」と言ってきました。私は眉を上げて会釈し、そのまま通り過ぎようとしました。すると彼女はそっと息をするように「ヘンタイ」と囁きました。無視して立ち去ってから数秒後に、背後からシャーッという音が聞こえてきました。振り向く暇もなく、床を滑ってきたモップが私の踵《かかと》に当たりました。見ると、両手で口を覆ったモップの店員が石のように固まって、じっと私を見ています。モップを私に向けて蹴り飛ばしたものの、思いの外スピードが付いてしまって恐れをなして身が竦んだ、という感じでした。ところが私の踵に当たった時スピードは死んでいて、痛みは全くありませんでした。私は籠を床に置き、倒れたモップの柄を持ち上げて弁慶のように構えると彼女を手招きしました。彼女はゆっくりと近付いてきました。名札には「斉《さい》藤《とう》智《とも》代《よ》」と書かれていました。

「あそことあそこに」と私は指差しました。

「監視カメラがあります」

彼女は頷きました。当然知っているのです。

「客に向かってモップを蹴り飛ばした映像が、あのカメラに残ってると思います」

「いいえ。蹴ったのではなく、投げたんです」

「そう」

「済みません」

「たとえ私が裸足でも、放っておいて欲しいんですが」と私は言いました。

「はい。済みませんでした」

「店長さんに報告しましょうか？　斉藤さん」

「それだけは勘弁して下さい！」と彼女は丸い顔をグッと近付けて、両目を飛び出させました。

「では、そっとしておいてくれます？」

「はい。今日は床に足跡が付いていたので」

「足跡ぐらいいいじゃないの。水なんだし」

「はい。申し訳ありませんでした」

　私は頭を下げている彼女にモップを押し付けると、買い物籠を持ってブラブラさせながら野菜を物色し始めました。斉藤智代は小走りに立ち去り、スイングドアに体当たりしてバックヤードへと姿を消しました。

　一頻り食料品と日用雑貨を籠に入れて、私はレジに並びました。

　前にいた母子連れが計算して貰っている時、子供がジロジロと私の裸足と顔とを代わる代わる見てきました。目を合わせようとすると、サッと目を逸らします。私はソッポを向いた振りをして素早く向き直り、子供の視線を捉えて「何じゃ？」と言いました。すると子供は大きく息を吸ったかと思うと、母親の体を擦り抜けて走り出していきました。

　四つか五つぐらいだったでしょう。

「ゆうき！」母親が叫びましたが子供は止まらず、チョロＱのように素早く店の外に出て行きました。咄嗟に振り向いた母親が「あなた何なの！」と怒鳴りました。そして買い物籠を手で押さえながら、レジ係に向かって「ちょっとこれお願いします」と言い置くと、子供を追って駆けていきました。私はレジカウンターに載せた自分の籠をスライドさせましたが、アルバイトのレジ娘は固まっています。

「早くして」と私は言いました。

レジ係同士が客の頭越しに短い言葉を遣り取りし、別のレジから如何《いか》にもベテラン風のおばさんが助っ人にやってきました。彼女は母親の籠を除けるようにアルバイトに言い、レジマシンを操作するやてきぱきと私の商品を処理し始めました。周囲の客は押し黙っていました。すると店の出入り口から突然、子供の叫び声が聞こえました。見ると母親に片腕を引っ張られながら、さっきの子供が「はだし、いや！　はだし、いや！」と泣き叫んでいるのです。一体どういう意味なのでしょうか。

「四千九百五十二円になります」

私は財布から丁度の額の紙幣と小銭を取り出しながら、「斉藤智代という店員は要注意よ」と、おばさん店員に小声で告げました。

「はい？」彼女はコイントレースタンドの小銭を数える手を決して止める事なく、体ごと私に耳を傾けてきました。

「斉藤智代はきっと精神的に危険な状態にあると思います。床に足跡を付けたという理由だけで、客にモップを投げ付けるほどですから。私は『スーパーマーケット・ダニエル・P・S』の安全安心のために忠言しています。是非監視カメラの斉藤智代の映像を確認して下さい」

「承《うけたまわ》りました」彼女は即答しました。

私は両手にレジ袋を提げ、母親の背後に隠れた子供をわざと無視して店から出ていこうとしました。しかしこんな時であっても、母子の斜め後ろの、店の出入り口付近に平積みされた「ヌッセン総合カタログ」を無視して通り過ぎる事など出来よう筈がありませんでした。いつもなら必ず数冊持ち帰るのです。しかし生憎《あいにく》この日は買い物をし過ぎて、両手が塞がっていました。

「御免なさい」と私は「ヌッセン総合カタログ」に声を掛けました。

すると険しかった母親の表情が忽ち緩み、気の毒なほど穏和なものに変わりました。

「今度は持って帰るからね」

私の視線が我が子から微妙に逸れている事、そして私が「ヌッセン総合カタログ」に向けて意味不明の言葉を掛けた事を察知するや、母親の形相は再び鬼に戻りました。私は殊更に裸足の足をペタペタと鳴らしながら、その場から立ち去りました。母親の腰を摑んだ子供の手に力が籠もり、指先が白くなっていたのが印象的でした。しかし我が子に対する自分の躾《しつ》け方にも問題がある事を自覚していたのでしょうか、母親は何も言わずにただ私の姿を目で追うばかりでした。

四

又、告白をしなければなりません。

今日は父と兄がアパートを訪ねてきました。

父は去年商社を定年退職していて、兄は景山先生と同じ四十二歳で市役所に勤めています。私は急いで身に纏った、透かし編カーディガン（黒）とタック入ショートパンツ（黒）以外は何も身に着けていませんでした。

私達は麦茶とカステラを睨みながら、カントリーこたつテーブルを囲んでいました。景山先生と同じ色をした兄の目が、透かし編みの隙間から覗く私の乳首をチラッチラッと見てくるのが手に取るように分かりました。この男は大学生の時、中学三年生だった私に襲い掛かってきた事があります。その頃の私には、既に下の毛が生えていました。

父が麦茶を啜り、「あれは進んでいるのか？」と訊いてきました。

「ええ」

「ちょっと見せてくれないか？」

私は押入れの中から最新の写経の束を取り出して、カントリーこたつテーブルの上に置きました。父はそれをパラパラと眺め、一瞬息を詰まらせてから「ほおっ、見る度に腕が上がっているじゃないか」と言いました。

「そんな事はないわ」

「いや、どんどん上手くなってるよ」

「上手い下手は問題ではないのよ」

「それはそうだがな。なあ博司《ひろし》！」

父にずっしりとした紙の束を手渡された博司が、パラパラと頁を繰った手付きが父とそっくりだったので私はゾッとしました。

「確かに」と博司は言って、私の顔を見ながら何度も頷きました。その顔には「俺が一番お前の事を分かっているからな」と書いてあって吐き気がしました。

そして私達は黙り込みました。

一体それ以上、何を話す事があったでしょうか。

しかしすぐにこの沈黙に耐え切れなくなった父が、口を開きました。

「これ、お母さんから」と言いながら、ジャケットの内ポケットから出してカントリーこたつテーブルの上に置いた封筒の中を覗くと、一万円札が詰まっていました。

「二十万円ある」

「こんなもの要らないわ。私には収入があるのよ」

「ゆき子。こんな事しか出来ない母さんの気持ちも分かってやってくれ」と言うのです。

「何の事？」

「せめてお前、復職に向けて何かもうちょっとましな努力をしたらどうなんだ？」

「努力って何ですか？」

「こんなお前……カタログを丸写しして何になるというんだ？」

「今褒《ほ》めてくれたばっかりじゃないの？」

「お前、こんな、こんな下らない事をしていて、何か将来への展望が開けると思っているのか」

「腕が上がってるって言ってくれたじゃない？」

「それはお前……」

「父さん」と博司が口を挟みました。

「今のゆき子にはこれが必要なんだよ。なあゆき子」

私はソッポを向いて、ボリボリと踵を掻きました。

「父さん、ゆき子は無駄な事はしていないよ。ゆき子は賢いんだから、無駄な事なんてするわけがない。そんな事は何度も何度も確認し合った事じゃないか」

「しかし」と声を震わせ、博司から写経の束を奪い取ると父は私に向かって言いました。

「ゆき子、般若心経ならともかく『ヌッセン総合カタログ』を書き写すとはどういう事だ。これは黙っていようと思っていたが、母さんはな……母さんは……」

「父さん！」博司がわざとらしく叫びました。

「いや、これはゆき子も知っておいたほうがいい」

「父さん……」

「ゆき子、母さんはな……」

取って付けたような震えたその声色に、私は総毛立ちました。

「……入院したのだよ」

「え？」

「スティレスだよ、ゆき子」

「ストレスでしょ」

「手術をした」

「何の病気なの？」

「それはいい」

「教えてよ」

「疣痔《いぼじ》だ」博司が言いました。

「大きな手術だった」と父が慌てて言葉を継ぎました。

「大きな疣痔だったのね」

「お前のせいだ」

「は？」

「心配ばかり掛けおってからに！」

「何言ってるの。お母さんは昔から疣痔持ちなのよ」

「いや、もっとずっと小さかった。お前のせいで、急に大きくなったのだ」

「それは、お父さんの前では指で押し込んでいたから、分からなかったんだわ。私には『巨峰《きよほう》ぐらいあって、もう切らないと痛くて仕方ないよ』といつも言ってたもの」

「なぬっ?」

「私が小学校の頃からずっと巨峰だったのよ」

「なぬうっ」

父が片膝を立てました。

「もう帰って!」

その時博司が叫びました。

「ゆき子、せめて『広辞苑』を写せ! それでとりあえず全ては丸く収まるんだから!」

その瞬間私は立ち上がり、二人の目の前で、透かし編カーディガン(黒)とタック入ショートパンツ(黒)を脱ぎ去ると、全裸でウォッシャブルラグ(赤)の上に仰向けに寝転がって両膝を立てました。その時のこの父子の私の裸を見る下卑た目付きを、私は一生忘れる事はないでしょう。彼等は父でもなく兄でもない、ただの雄でした。父は間もなく目を逸らしましたが、博司はイッてしまったような目でじっと私の股間を見続けていて、やがて畜生でしかない自分自身を懸命に誤魔化すかのようにこんな事を言いました。

「ゆき子、疣痔みたいなものがあるようだが」

私は大急ぎで股間に手で蓋をして、「帰れ!」と叫びました。

五

「ヌッセン総合カタログの写し」第二十六回目の扉の言葉。

【私は「ヌッセン総合カタログ」で商品を購入した事がありません。大型スーパーや専門店(勿論「ヌッセン総合カタログ」が置かれている店に限ります)で、よく似た商品を見付けて購入し「ヌッセン総合カタログ」の商品名を振り当てていますが、本当はどれも別の商品なのです。つまり一種のゴッコ遊びに過ぎません。「ヌッセン総合カタログ」を単なる商品カタログとして使用する事は、私にはとても出来ません。カタログ扱いするなど滅相もない事です。「ヌッセン総合カタログ」はカタログではないからです。

本屋の『聖書』は有料ですが、「ヌッセン総合カタログ」は無料です。

私は三百頁近い「ヌッセン総合カタログ」を、何度も何度も克明に紙に写し取っています。この営みを「ヌッセンする」と言います。

毎日ヌッセンする事が私の務めです。

誰も理解しませんが、ヌッセンする事によってのみ私はキムチクなるのです。

頭の天辺から爪先まですーっとするのです。

スティレスが生まれると、私はいつでもどこでも服を脱いでしまいます。担任していたクラスで一人の女生徒が授業中にパンストを穿き替え始め、誰も私の授業を聴かずに弾けまくってしまったあの日に、初めて人前でそうしてしまったように。

裸足でスーパーに買い物に行ったり、半裸でアパートの庭に出てラジオ体操をして二つ隣の老夫婦に注意されたりといった事は、一時的にキムチクても結果として逆にスティレスになってしまう事は自分でも分かっています。だからこそ私は、一生懸命ヌッセンに励みます。スティレスとヌッセンとは互いに絡まり合っているのです。

スティレスなくしてヌッセンなし、ヌッセンなくして真のキムチさはございません。

私は何を言っているのでしょうか？

ところで人は何と言っても、「ああキムチカッタ」と言いながら死んでいくべき存在ではないでしょうか？　その方法は人それぞれで、強制されるのは真っ平です。何が般若心経や『広辞苑』を写せでしょうか。自分がなく、出来合いの権威に頼るしかない凡庸な精神に、ヌッセンする事のキムチさが分かろう筈もありませんが、私を邪魔する権利もありません。心配する振りをして訪ねてくる同僚にもうんざりです。

どうかそっとしておいて下さいませんか？　との願いを込めて、第二十六回目を奉納致します】

六

イーッとなりました。

イーッ！

管理職が訪ねてきたのです。校長（初老の男）と教頭（初老の女）と養護教諭（中年女）と事務長（初老の男）が四人揃って。彼らは私に退職を勧告してきました。休職期間はまだ二年も残っているというのに！　私は彼らに玄関先で立ち話する事しか許さず、早々に追い返しました。教頭は「税金泥棒」という言葉さえ使いました。その瞬間に、危うく裸になってしまうところでした。これは大問題だと思い、彼らが帰るとすぐに私は景山先生に電話しました。景山先生は教職員組合の分会長をしているからです。管理職の問題発言を組合から糺《ただ》して貰わねばならない、と私は考えました。子機を手にしてカーテンを開け、帰っていく四人の姿を確認しながら受話器を耳に当てました。

「もしもし、ゆき子？」

「景山さんに興味はありません。分会長に話があります」

「僕はもう分会長じゃないんだけど」

「え？」

「この春に、分会長は大村勝行《おおむらかつゆき》先生に替わったんだよ」

私は即電話を切りました。景山先生は嫌いですが、大村勝行先生ほどではありません。私はウォッシャブルラグの上に正座し、カントリーこたつテーブルに向かってヌッセンし始めました。しかしなかなかイーッが止まらず、矢張り裸になってしまいました。裸でペンを執り、鏡面チェストやフラットチェストの頁を慎重に写していきました。

気が付くと陽が傾き、部屋の中は暗くなっていました。点けっ放しになっていた玄関の小さな灯りだけが、ぼんやりと点っています。それだけに一層、部屋の中は暗く見えました。しかし手元だけは、何かの光に照らされてまだ薄っすらと見えるのです。私は天井や壁を見回しました。そしてカーテンが開けっ放しになっている事に気付きました。遮熱・1級遮光カーテンだけでなく、遮熱見えにくいレースカーテンまで五十センチほど開いていて、路地の向こうのブロック塀の線がくっきり見えていました。電話の時に開けて、四時間ほどそのままになっていたようです。アパートのぐるりに垣根はありますが、路地を往く人の頭が飛び出す程度の高さしかありません。この辺りの住居は築年数が古く、何もかもが昔の人間のサイズに合わせて作られているのです。

キッチンに行き、冷蔵庫からヨーグルトを取り出して苺ジャムを混ぜ、立ったまま食べました。それから私はすのこベッドに身を投げて、防菌防臭二枚合わせ掛け布団にしがみ付きました。色々な事を思い出すと又イーッと来て、防菌防臭二枚合わせ掛け布団を剝ぎ取ると腰に手を当てて天井に向けて足を上げ、エア自転車漕ぎをすると苺ジャム味のゲップが出ました。

「保護者の不安の声もある。復職したら当然異動という事になるだろうが、君を引き受けてくれる学校があるかどうか。完全に治癒したという証明は、お医者さんもなかなか出せないそうじゃないか」

「証明ではなくて召命です」

そんな会話が頭の中をグルグルして、その時私は、もっともっと裸にならなければ危ない、とそればかり考えていました。部屋の隅の小型ラック（ダークブラウン2－D）から溢れんばかりになっている「ヌッセン総合カタログ」の山や、カントリーこたつテーブルの上の写しを眺めている内に、落ち着くどころか一層ムカムカと腹が立ってきました。私はすのこベッドから転がり出ると、小型ラック（ダークブラウン2－D）から「ヌッセン総合カタログ」を一冊摑み取り、垣根の上から覗き込んでいた景山先生の顔に向かって投げ付けました。ガラスは、割れなかったもののボヨヨンと大きく撓《しな》りました。暗い床の上に「ヌッセン総合カタログ」がうつ伏せになって落ちました。宝物のように扱ってきたのに、沢山の頁が折れ曲がってしまったのが分かります。そもそも「ヌッセン総合カタログ」は重さの割りに紙質がフニャフニャで、自力で立つ事が出来ません。本棚に立て掛けてもだらしなく倒れてしまい、寝かせておくしかないのです。その、浜に打ち上げられた海月《くらげ》のような「ヌッセン総合カタログ」の成れの果てを見ていると、もう本当にどうしようもないぐらい腹が立ってきて、私はホッキョクグマとなって部屋中をグルグルと這い回りました。すると益々頭に血が上り、唸りながら万歳の姿勢になってふと窓に目を遣ると、次々に流れていくビリヤードの球のように複数の頭が垣根の上を通り過ぎていくのが見えました。私は仰天して玄関まで飛んでいきました。そしてドアの外に複数の靴音が近付いてくるのを確認すると、「絶対駄目よ、絶対駄目！」と心の中で叫びながらドアノブにしがみ付きました。

「わざとカーテンを開けて、通行人に見せ付けていました」と景山先生の声がしました。

「とったか？」と教頭。

「はい。結構いい角度でとれました」

「とった」は「撮った」の事だと、すぐに分かりました。そんなものを私を退職に追い込む証拠にでもするつもりなのでしょうか。景山先生は組合の分会長を辞めて管理職の犬に転向したようでしたが、私にとってそんな事は世界一どうでもいい些事でした。私の関心はただ、もっともっと裸にならないと危ない、という一点に集中していました。

その時玄関ベルが鳴り、同時にドアの新聞受けの蓋が内側へと押し開かれました。外から指で押すと、誰でも簡単に部屋の中を覗き見る事が出来る古いタイプのドアなのです。私はドアノブから手を放すと、慌てて這い蹲《つくば》って外からの視線を避けました。

「下、下、裸、裸」という押し殺した声が聞こえました。

玄関の灯りは、外から私の裸体を見るには充分な明るさだったのでしょう。

二つ隣の老人は一時期、頻繁にここから私を覗いていました。それが奥さんに見付かって修羅場となり、以来夫婦揃って私を悪魔のような目で見てくるようになったのです。早朝に、フルカップブラ（エレガントフラワー）とショーツ（バラ）だけでラジオ体操をしていた所を見付かって散々罵倒され、その後何日かして警察官がやって来ました。事情を聴かれて注意を受け、「新聞受けに布か何か垂らして目隠しをして下さい」と言われて私は素直に「はい」と答えました。するとその若い警察官は、笑いながら頭をよしよししてくれました。しかしそれ以後も、一度として目隠しをした事はありません。

「栗原さん、ちょっと出てきて貰えませんか」教頭の声がしました。

私は新聞受けの隙間を避けながらゆっくり立ち上がり、ドアの鍵とチェーンとを固く握り締めました。どこか甘えが混じった景山先生の「栗原さーん」という声に寒気がして、ブルブルと脚が震えます。すると今まで自分がしてきた事の記憶が、突然頭の中を駆け巡り始めました。私の裸を見せられた生徒達、犬の散歩をしていたおばさん、ダンプの運転手、サラリーマン、コンビニの店員と客、老夫婦、寺の坊主といった人達の冷え切った眼差しを思い出すと、どんなに太腿を強く閉じてもおしっこが漏れてしまいそうでした。

「出てくるかな」

「絶対出てくる」

私はその声が教頭や景山先生ではなく、知らない男達の声である事に既に気付いていましたが、そんな事はもうどうでもよいと思いました。私がこんな女である事を知っている人間は、私が知らないだけで実は山のように存在するのかも知れません。私は心の中で自分自身に「絶対駄目！」と言い聞かせながら、そっとチェーンを外していました。外にいる男達がどんな種類の人間であろうと、もっともっと裸にならなければ私の頭は確実にスティレスで爆発してしまうに違いなかったのです。脳味噌が既にもう壊れる寸前である事は、ドアノブに伸ばした自分の指がサムターンをゆっくりと回し掛けている事からも明らかでした。ドアを開けた途端、屈強な男達が部屋の中に雪崩れ込んで来るかも知れません。それを思うだけで、既に太腿を伝っていたおしっこの勢いが急に強くなり、ピュッと飛び出した太い水柱が新聞受けを直撃しました。見ると新聞受けからは二本の指が突き出していて、私のおしっこにたっぷりと濡れているのでした。指はヒュッと引っ込み、そして一瞬の間を置いて嬉しそうな声が聞こえてきました。

「潮だ、潮潮」

男達の「おお」という低い声が幾重にも重なり合いました。皆、笑っているようでした。

私は身を捩りながら、ぼんやりと部屋の奥を眺め遣りました。暗くてよく見えませんでしたが、そこに私のヌッセンの痕跡が充満している事はひしひしと感じられます。私はこの喜びのために生きているのでした。これでまた一段とヌッセンの喜びに浸る事が出来るという確信からか、自然と涎が垂れてきました。スティレスによる爆発が大きければ大きいほど、ヌッセンする事が格段にキムチクなるのです。

見ると冷たい筈のサムターンが熱を帯び、もう殆ど縦になり掛かっています。カチャッという音が鳴った瞬間、新しい宇宙の扉が開きます。

さて、今日はここまでにしましょう。

次回の告白が聞きたければ、また電話して下さいね景山先生。

沼

一

車を停めた。

廃墟となった支援学校の外壁に沿った小路を、田村《たむら》に随いて歩く。

道には、紫色の腐った玉葱が一個落ちている。

黒い蜂がブンと羽音を立てて過っていく。

暫く行くと、打ち捨てられたような畑があった。玉葱はここで育てられた物に違いない。生臭いにおいがする。支援学校の裏門に打ち付けられたベニヤ板の隙間から、草だらけの校庭や校舎が見える。窓の中に、病弱児のために使われていたであろうベッドが覗いている。道端に、何度も乾いては濡れ、濡れては乾きして石のように固まったティッシュが落ちている。よく見ると、そのようなティッシュはあちこちに転がっている。

「ここだ」田村が言った。

雑木林の中に、白っぽい沼があった。

水面一面に象牙色の薄膜が張り、表面に、老婆の皮膚を思わせる細かい皺が寄っている。沼は膜に覆われて窒息している。有毒ガスが気泡となって膜の下に溜まっていて、よく見るとゆっくりと動いている。隣同士の気泡が合体して大きくなり、やがて力なく膜を裂いて破裂した。周囲に密生した雑木の先端が、微風に揺れている。噴き出したガスが沼の上を漂ってきて、異臭を振り撒く。

この沼に体を浸す事を望んでいる女がいるという。

信じられない。

この沼が世界で最も汚く、有毒なものの一つである事は間違いない。こんな沼に体を浸せば、皮膚は相当のダメージを受けるだろう。膣や目の粘膜からも、どんな毒が滲《し》み込んでくるか分からない。そんな事も考えない女らしい。

どんな醜い女が現れるのか。

暫くして中山《なかやま》が連れて来たのは、腹が立つほど普通の女だった。

眼鏡を掛けている。中山に導かれて沼の畔《ほとり》に立ち、口の端に薄笑みを浮かべている。百六十五センチほどのやや大柄の女で、ミントグリーンのバルーンブラウスとベージュのプリーツスカートを纏っている。真っ直ぐな細い脚。ピンクベージュのパンプスから覗いた足の甲に浮き上がった繊細な筋が、形の良い長い指を約束していた。

沼を見て笑いながら「臭い」と言う彼女の、その余りにも邪気のない顔。私と田村は、彼等から五メートルほど離れた場所に立っている。女がこちらを全く見ないのは、予めそういう取り決めが為されているためなのか。女が我々の存在に気付いていない事はあり得ない。雑木の枝に若干邪魔されているとは言え、沼を挟んで互いに向かい合うように立っているのである。

中山が女に手順を説明し始めた。

「水深は深いところで二メートル。底はヘドロが厚く堆積していて、足を取られたらどんどん沈んで抜けなくなってしまうので要注意です。沼の上に渡したロープにぶら下がって体を浮かせていれば基本的に心配はないと思いますが、ロープは撓《たわ》むのでどうしても体が沈んでいきます。慌てずに水の浮力を信頼して身を任せて下さい。浮き上がろうとして足をバチャバチャさせ過ぎると、ガスが大量に発生してしまう可能性があるので極力静かにお願いします」

女は黙って頷いている。

沼の上には確かに一本のロープが張り渡されているが、いつからそこにあるのか、遠目にも随分草臥《くたび》れて見える。女が胸の前で腕組みをして、乳房がブラウスの下で盛り上がる。田村が鼻息を吐いた。やって来るのは、言葉すら通じないような妖怪女の筈だった。沼の毒に皮膚を侵されても、一向に意に介さない女。我々の関心はただ、このような毒沼に体を浸す事を望むその女を、最大の蔑《さげす》みの目で見るという下卑たものに過ぎなかった。本当はそんなものは見たくもない。見たくないものを見て、後の始末は中山に一任してさっさとこの場を後にする。そのために我々は中山に一万円ずつ渡していた。

黒々とした雑木林を縫って、女のブラウスの上に木漏れ日が落ちている。

女は美人でもブスでもない。田村の事は知らないが、私の好みはこういう特徴のない顔の女だ。全ての逸脱を排した平均的な顔。小学男子の初恋対象にはなっても、同年齢の男の真剣な恋の対象にはならないどこか間の抜けた顔。しかし重要なポイントは、そんな顔からするとややバランスを欠くほど魅力的な体の持ち主であるというところにある。服の上からでも、この女の体がその手の体である事は分かる。

この女は決して化け物や妖怪の類《たぐい》ではない。それどころか、ちょっとした中小企業なら内定通知が貰える常識人に違いなく、中でも声の美しさは際立っていた。この女に「こちらへどうぞ」と言われたら、私はどこへでも随いて行く。

「まず、靴を脱ぎましょうか」

中山が女にそう言った。私は視線を落とし、足元の土を靴の爪先で踏み締めてみた。黒い腐葉土は湿っていて、沼の毒が滲み出してくるかのようだ。

女が中山の肩に手を置いた。そして踵を擦り合わせるようにして、ピンクベージュのパンプスを脱ぎ始める。パンプスの中から予想通りの長くほっそりとした足指が躍り出て、腐った土の上に舞い降りる。女の足裏が毒の土に触れた。チラッと見た田村の喉仏が、大きく上下に動く。裸足の女の背が少し低くなる。中山がショルダーバッグからハイキング用のビニールシートを取り出し、土の上に敷いた。

「それでは、全部脱いで下さい」

女は笑いながら、何の躊躇《ためら》いもなくベージュのプリーツスカートのホックに手を掛ける。土に汚れた足を、たくし上げたスカートの輪から慎重に抜いていく。女の腰骨は思った以上の張り出しで、真っ白の内腿が豊かに波打つ。ビニールシートの上にスカートを放り投げ、女はパンティに手を掛ける。糸のように細くなったパンティの輪から足を抜く。パンティを丸めて二つ折りのスカートの間に突っ込む時、しゃがみ込んだ女の太腿は二頭の白イルカだった。女は立ち上がってクロスさせた手で裾を摑み、肘を突っ張ってミントグリーンのバルーンブラウスを脱ぎ捨て、ブラジャーを取って全裸になった。女の真っ白な体は、間違いなくあらゆる毒物に対して処女であった。沼からは毒ガスが立ち昇っている。ここからが、中山の言う「洗礼」なのか。そんな奇怪で残酷な儀式は許せない。

「では、ロープを持って、ゆっくり入っていって下さい」

女は、教師の指示に従う女子生徒のように従順に頷き、沼へと落ち込む土の傾斜に沿って小刻みに歩を進める。沼に張った膜が、女の体を待ち切れないかのように微かに打ち震えた。あの膜を破って毒液に体を浸す事が、女にとってどんな意味を持つのか全く分からない。その残念さは比類ない。体を洗う水道など、どこにも見当たらない。中山は、女を沼に浸けた後の始末をどう付けるつもりなのか。

いよいよ沼の端に到達した女の爪先は、水面の膜を上から一押ししてから一旦退く。すると膜全体が、おぞましいほどの緩慢さで、含み笑いをするかのように脈打つ。

その時、「待て!」と田村が叫び、その声は悪魔の森から瞬時に邪気を払ったように思われた。私は内心躍り上がった。こんな悪ふざけは、即刻中止だ。

田村の声に反応して、女と中山がこちらをチラッと見た。

しかしそれは一瞬の事に過ぎなかった。

女が天を仰ぐ。白い喉が木漏れ日を受けて眩しく光る。女が万歳をしてロープに手を伸ばす。只でさえ形の良い乳房が、引き上げられて完全な円になる。無毛の脇の下の微かな肉の盛り上がり。筋肉の筋が微かに見え隠れする長い脚。

「待て！」田村がもう一度叫び、私も釣られて「待て！」と声を上げた。田村が走り出し、私も駆け出す。我々は女と中山のいる場所に至る。蚊と小蝿の羽音が、耳元で交錯する。私は、目の前を過った蚊を両手で叩き殺した。パチンと場違いな音がした。

田村が中山に言った。

「俺も沼に入る」

「あんたも？」

「そうだ」

中山は両眉を上げた。

「どうぞ」

田村がその場でTシャツと、作業ズボンを脱ぎ始める。沼の水に爪先を浸した女の横っ腹の黒い点は藪蚊に違いなかったが、彼女は気付かずに血を吸われている。ロープから手を放して自分の体を抱いた女は、振り向いた姿勢で田村の脱衣の様子をじっと見る。田村の服がビニールシートに投げられ、女の服に重なる。

彼は全裸になった。同じ工場に勤務して二年になるが、全裸を見たのは初めてである。弛《たる》んだ腹の肉に盲腸の手術の痕らしき深い陥没があり、そのために腹の肉全体が歪んで見える。田村は女に寄っていき、当然のように尻肉に手を這わせる。股間から白っぽい一物が真横に突き出してブラブラする。沼に一緒に入れればこの女に触れてよいという話は、中山から聞いていない。恐らく田村の衝動的な行動なのだろうが、余りに捨て身で、私はただ見ているしかない。寧ろ、女が蚊に食われた横っ腹をポリポリと掻いたり、近くで見ると脇腹に五百円玉大の浅黒い痣があったりするのを発見するにつけ、少しずつ女への欲望が冷めていき、二人して毒沼に浸かりたければ浸かればいいと思った。所詮この女は私のものではなく、今ではもう半分田村のものなのかも知れないという腹立ちが、私を毒沼に入水するイカレ女を見てみたいという当初の動機に立ち戻らせて、純粋な好奇の目が甦る。

「田村さん、ロープの強度が足りないので、あなたはロープにぶら下がらないようにして下さい」中山が言った。

「ロープなしだと、体が沈んでいくんじゃないのか？」田村が女の首筋を撫でる。

「一番深くて二メートルですから、その手前で引き返せば問題ありません」

田村は中山の説明など半ば聞いておらず、形の良い女の耳に口を近付けている。部外者でしかない私は、彼等を馬鹿にする理性の声に充たされる。女が再び両手を上げてロープを摑んで沼に足を浸し、その背後から田村が女の乳房に手を回し、豊かな尻肉に一物を密着させる。女の手が巧みにロープを手繰（たぐ）っていく。中山がスマホを取り出し、二人の姿を写真に撮る。そのシャッター音に田村が振り返り、怒っているのか笑っているのか分からない顔になる。沼に張った膜が大きな皺を作りながら、二人を頂点にして二等辺三角形に裂けていき、真っ黒な水面が露出する。羽虫が舞い上がり、刺すような刺激臭が立ち昇る。

馬鹿だ、と私は内心毒づいた。二人は太腿まで沼の汚水に浸かり、やがてガクンと肩まで沈んだ。

二

十日後、工場の喫煙所で煙草を吸っていると、煙草を吸わない田村が近付いてきて私を手招きした。

「中山が捕まった」と言う。

「容疑は？」

「よく分からんが、多分あれとは関係ない」

「そうか」

田村は耳の後ろを掻きながら、私の煙草の煙を手で払い除ける仕草をした。

中山のスマホには、沼に浸かった女と田村が写っている筈だ。

「痒いのか？」

「何が？」

「耳の後ろ」

「いいや」

田村は副流煙を嫌って早々に立ち去った。

最近田村は毎昼食後、恐らく抗生物質と思われる錠剤を飲んでいる。

あの日、沼から出てきた二人の体には点々と沼の膜の欠片《かけら》が付着していた。女は斑になった体で平然と立っていたが、田村は盛んに手で皮膚を拭った。膜の欠片を擦ると、象牙色の皮が破れて焦げ茶色の層が露わになり、体は却《かえ》って汚泥に汚れた。中山はタオル一枚用意しておらず、田村は掌の臭いを嗅ぎながら「帰ろう」と私を促した。

帰りの車の中は異臭で充たされた。

「お前、どうして沼に入った？」

田村に訊いたが、ろくに返事をしない。田村をアパートまで送り届けた後、私は猛スピードで沼まで引き返した。女が支援学校の中に潜り込み、水道を探し出して体を洗っているかも知れないと考えたのである。しかし中山の車は既になく、二人の姿も見当たらなかった。

振り返ると破られた象牙色の膜が複雑な模様を作り、木漏れ日を受けた沼の水が黒曜石《こくようせき》を鏤《ちりば》めたように輝いている。私は持っていたペットボトルの茶を飲み干すと、吸い込まれるように沼を見つめて長い間畔に立っていた。

三

数日後の休日、田村から電話があった。

車で彼のアパートを訪ねると女物の靴があり、見ると奥の部屋に女が座っている。

「こちらは笹山美奈絵《ささやまみなえ》さん」缶コーヒーを手にした田村が言った。カーペットに直に横座りした女も手に缶コーヒーを持ち、私を見上げて軽く会釈したが、私は最初彼女が沼にいた女だとは気付かなかった。田村が何か意味ありげな表情で私を見てくる。改めて観察すると、九分丈デニムから覗いた裸足の足が、あの時腐葉土に舞い降りた足に間違いない。どう見ても顔は別人だったが、すっぴんに近い笹山美奈絵の顔にそれなりの化粧を施せば、沼にいた女の顔になるかも知れない気もする。

「あの時の女《ひと》？」田村に問うと、彼は頷いた。

「こんにちは」彼女が言い、口の端に笑みを浮かべる。もっといい声だったと思う。それに、あの時の美奈絵も今のように薄化粧だった。しかし目の前にいる美奈絵の顔は並み以下である。何がそう見えさせるのだろうかと考えたが、よく分からない。

「缶コーヒーでも飲むか？」

「ああ」

田村から、冷蔵庫から出した缶コーヒーを渡された。

「まあ座れよ」

我々は向かい合った。缶コーヒーの人工的な香りに、吐き気を覚えた。美奈絵が缶コーヒーを飲む仰向けの顔や、俯き加減の顔などを眺めている内に、確かにあの女だと思い出した。よく見るとデニムの腰は張っている。しかし、ゆったりした黄色いブラウスの上半身は猫背で、繕い物をする老婆のようだ。

「何故？」私は田村に問うた。

「何？」

「何故美奈絵さんがここにいるんだ？」

「中山にメルアドを聞いて、俺から連絡したのさ」

その時、美奈絵が鼻の下を伸ばし、目が三日月形になったのを見た。私はそばにある小さな丸テーブルの上に、飲み止《さ》しの缶コーヒーを置いた。田村が耳の後ろを掻いている。美奈絵の足を見ると、小指が極端に寝ていて爪が潰れている。私は彼らに気付かれないようにゲップをして、「付き合っているのか？」と訊いた。

「まあ、そんなところだ」

田村は豚のような顔である。私は、何度か来た事のある本棚のない彼の部屋を眺め回した。

「それはよかった」私は言った。

「ああ」

「一緒に暮らしているのか？」

美奈絵が慌てて首を振り、田村が「いいや」と言った。その瞬間、股間に強烈な痒みが走った。股にインキンタムシが出来ている。間違って何週間もステロイド軟膏を塗っていたため、酷く悪化していた。ズボンのポケットに手を入れて、気付かれないようにゆっくりと指先で突くと、気絶しそうなほど気持ちよい。

「……だろ？」

田村が何か訊いていた。

「何だって？」

「いい女だろ？」田村の顔がますます豚になる。

「ああ」

「羨ましいか？」

「やめてよ」

「ああ。羨ましいよ」

「浩二《こうじ》さん……」美奈絵が言った。「……済みません」

見ると美奈絵が背筋を伸ばしている。胸の張り出しに否応なく目が留まる。しかも彼女は私を須藤《すどう》と呼ばずに下の名前で呼んできた。私はこれが田村の策略だと直感した。美奈絵をメールで誘うと簡単にアパートにやって来た。しかしよく見ると、思いの外パッとしない女だった。だから私のような出汁が必要になった、といったところか。

「綺麗な胸だったよ」私は言った。

「もう一度見たいか？」

「ああ」私は誘いに乗った。

「ちょっと康次《こうじ》さん、やめて」

私はこの時、田村も私と同じ「こうじ」という名前だった事を思い出し、馬鹿らしくなってポケットの中の指で股間を大胆に掻き毟《むし》った。一瞬、白目を剝いてしまったかも知れない。

「美奈絵、ブラウスを脱いで須藤に見て貰え」田村が言う。

「嫌よ」と言った彼女の声には、明確な意志と透明感とがあった。田村は押し黙り、それ以後、状況は何一つ展開しなくなる。私は、彼女の後ろにある襖の、何の変哲もない丸くて黒い引手を眺めた。黒い引手はただそこにそうして窪んでいるだけで、襖を開ける時以外何の役にも立たない。美奈絵も同じく全く無用の長物の佇まいで、時々首の辺りを人差し指で掻く以外殆ど動かなくなった。

アパートのどこかの部屋で、住人がトイレの水を流した。

「では僕はそろそろ行く」私は立ち上がった。

「私も帰ります」美奈絵が、缶コーヒーを丸テーブルに置いて立ち上がる。田村はカーペットに落としていた視線を上げて、「そうか」と言った。

我々は狭い靴脱ぎで、古い夫婦のように身を寄せ合って靴を履き、揃ってアパートを出た。隙間から、田村の後ろ姿を目に納め、私は扉を閉めた。

「車で送りましょうか？」と言うと、美奈絵は「ええ」と即答した。美奈絵の目が急に生気を取り戻している。何だ、言葉が通じそうじゃないか。

「田村とは付き合ってるの？」

「いいえ」

「呼ばれて、来たの？」

「はい。こうじさんに会わせてくれると言うから」

「こうじって、僕の事？」

「はい」

「会いたかったの？」

「はい」

「お茶でも行きますか？」

「はい」

勃起と痒みとが一時に襲ってきた。

四

美奈絵は矢張り、驚くほど普通の女だった。保険会社の事務員をしていて、日本の現代作家の本を読み、現代美術が好きな二十九歳。乳首の周囲には産毛が生えていて、二の腕や太腿の内側の皮膚の柔らかい部分に大小のカサカサした湿疹が幾つか点在し、時々猛然と掻く。湿疹は首にも広がっていた。

彼女のマンションから帰って来ると、私は決まって自分の体を点検する。

美奈絵のマンションの部屋に一歩足を踏み入れると、独特の匂いがした。暫くすると慣れて分からなくなる程度のものだが、一泊した朝など、彼女より先に目覚めると、部屋の中が美奈絵の呼気で充満している事に気付く。全裸のまま寝ている彼女の、股間に覗く小陰唇の黒ずみを目にすると、その匂いが一層生臭いものに感じられる。私は立って台所に行き、冷凍庫からアイスキャンデーを一本取り出して齧りながら、昨夜の彼女とのセックスを回想する。

美奈絵は私の体を隅々まで舐めてくる。工場で一日働いた私の足の臭いを嗅ぎながら、指の股を長い時間を掛けて舌で磨き上げるように舐め尽くす。足の爪を唾液でふやかして、齧って食べたりもする。股間のインキンの上を舐められると信じられないほどの気持ち良さで、身をくねらせて声を上げるといつまでも舐め続け、こちらが拒否するまで決して止めない。セックスは相互交換行為であるから、当然私も彼女の体を舐める仕儀に至るが、カサついた湿疹を舐めるのはさすがに躊躇われて、巧妙に回避しながら舌先を這わす。それを美奈絵に気付かれているのではないかという恐れが度々一物を萎えさせ、その度に彼女は私の物を口に含んで大きな音を立てながらバキュームして復活させる。彼女の股間は常時ヌルヌルと湿っていて、半勃ち状態でも簡単に挿入出来る。しかし私は、彼女の膣の中がどうなっているのか知れたものではないぞという思いに、しばしば集中を妨げられる。激しく唇を求められ、唾液を交換する段になっても及び腰で、私は彼女の要求に充分応える事が出来ぬまま全く別の染み一つない女の裸を脳裏に描き、「頂戴」という言葉に応じて彼女の中に精を放って果てる。

私は美奈絵の手料理を何度も食べている。野菜炒めも酢豚も目玉焼きも、味に全く奥行きというものがない。その代わりどの料理にも共通して、口にすると鼻を抜けていく微かな臭みがある。根の深い臭みだと思った。弱った私の胃は時々、彼女の料理を食べている途中で「こんな物食えるか」と悲鳴を上げる。

「どうしたの？」

「うむ、ちょっと胃が痛い」

「薬を飲んで頂戴」

「ああ」

胃薬を流し込むと、ミネラルウォーターまでどことなく臭う。額に冷や汗が滲み、顔を拭った掌を嗅ぐと矢張り臭い。私は手をズボンに擦り付けながら、「悪いが、もう食べられない」と言う。私の皿を摘んで流しへと下げる美奈絵の、どこまでも凡庸で平面的な横顔を眺めていると、沼に対する怨念のようなものが湧いてくる。彼女が何かの拍子に首をキュッと曲げると、湿疹の表面に細かな皺が寄る。湿疹は鎖骨にまで広がっている。皮膚科の医者にはステロイド剤を処方されているようだが、余り塗っていそうにない。手足の湿疹も全く治っていない。私もインキンだけでなく、陰嚢《いんのう》に湿疹が出来て痒くて堪らない。しかし美奈絵は構わずどこでも舐めてくる。

もうセックスは御免だ。

五

「美奈絵と一緒に暮らしているらしいな」

休憩時間に、頭をボリボリと掻きながら田村が訊いてきた。

「いや、時々マンションに訪ねていくだけだ」

「いい女だろ？」

「そうだな」

「よかったな」

「ああ」

頬骨に五百円玉ぐらいの円い湿疹を作った田村の顔は、全体的に浮腫《むく》んでいる。少し調子が悪そうだ。美奈絵の太腿の湿疹の幾つかも矢張り同じぐらいの大きさになり、彼女は寝ながら盛んに掻くので皮膚が破れて所々瘡蓋《かさぶた》になっている。

「中山が出てきたそうだ」

「そうか」

「また『洗礼』はどうだと言ってきてるが、どうする？」

私は一瞬躊躇ったが、「行ってみる」と答えた。

次の日曜日、車で田村を拾って沼に行った。沼の水は以前より随分減っている。再び覆い尽くした象牙色の膜はその分だけ分厚くなり、皺もずんぐりと太い。私は、美奈絵の体臭や呼気、マンションの部屋や料理の臭みを濃縮したような臭いに思わず息を止めた。

車のドアを閉める音がして、中山が女を連れて近付いてきた。

美奈絵は白地に幾何学模様のワンピースを着ていた。

彼女は私と田村を認めると、はにかんだような顔をした。耳元で蚊が唸った。私は一週間ほど美奈絵を訪ねていない。髪を切ったのか、頭の形がすっきりしている。雑木の緑にワンピースの白が映えている。

中山が我々を見て、顎で挨拶する。

「出てきたんだな」田村が言った。

「ああ。酷い目に遭った」中山は我々に向かって手を差し出した。田村と私はその手に一万円ずつ手渡した。何のための金なのか、もう分からない。

「『洗礼』って、どういう事なんだ?」私は、札を折り畳んで財布に入れる中山に尋ねた。

「何を言ってる。清めじゃないか」

「こんな汚い沼で何を清めるんだ?」

「それは個人の秘密だ。美奈絵、そうだろ?」

美奈絵が小刻みに首を縦に振った。まさか、中山の女なのか。

「お前また入るのか?」私は田村に訊いた。

「ああ」

「どうしてだ？」

「それは言えない」

「お前、この沼に入ってから体調が悪そうじゃないか。臭いし。顔も浮腫んでるし」

「余計なお世話だ」

「沼に浸かったら、何かいい事でもあるのか？」

すると田村は驚いたような顔をして、「そんな考えだからお前は駄目なんだ」と言った。私は中山の顔を見てから、美奈絵の顔を見た。

「美奈絵、教えてくれ」

「時間がないから始めよう」中山が言い、田村と美奈絵が手早く服を脱ぎ始める。私は田村の裸の腹を見て目を剝いた。赤や紫や黄色に変色した爛《ただ》れが腹一面に、ＬＰレコードほどの大きさで広がっている。延々と搔き毟って化膿したのだろう。

「おい中山、この沼の成分は何だ？」私は詰め寄った。

「もう要領は分かっていると思うので、出来るだけロープに頼らないで下さい。いい加減このロープも草臥れていますから」中山が全裸の二人にわざとらしい口調で説明する。田村が美奈絵の手を取り、揃って沼へと入っていく。

「成分は何だと訊いているんだ」私は声を荒らげた。中山が私を見て言った。

「そんな事を頭で理解して何になる」

美奈絵が小さく「冷たい」と言い、田村が笑った。田村が手で分厚い膜を裂きながら黒い水面を露出させ、美奈絵がピッタリと寄り添いながら裸体を沈めていく。

「見ているだけじゃ分かりませんよ。お客さんも入ったらどうです？」中山が言った。

私は弾かれたように腰を引くと、ズボンのポケットに両手を突っ込んだ。そしてポケットの中の指先で陰嚢を摘み上げ、揉むようにして猛然と掻き毟りながら白目を剥いた。田村と美奈絵は既に肩まで浸かっている。この沼が一体何なのかは、恐らく中山も本当のところは分かっていまい。田村と美奈絵の皮膚へのダメージは、沼の濃度が前回より濃いだけに一層酷いに違いない。股座《またぐら》が激しく痒い。目の前で二度目の洗礼を受ける美奈絵と田村の、苦悩とも歓喜ともつかない複雑な表情が否応なく目に焼き付く。彼らは今、向こう側に行っているつもりなのか。沼の水にどんな成分が含まれていようと、湿疹如きを恐れていつまでもこちら側に留まっていていいわけがない。

こちら側に、一体何がある。

この不潔極まる沼の、蠱惑《こわく》的な、悪そのもののような純粋な色。

「おい」私は中山に声を掛けた。

振り向いた拍子に、私は彼を突き飛ばした。中山は両腕をプロペラのように振り回した後、足を揃えて縦に沼に落ちた。田村と美奈絵が咄嗟に目と口を閉じて飛沫《しぶき》を避ける。中山がヘドロに刺さった足を引き抜こうとして摑んだロープは音もなく切れ、その拍子に首まで沈んだ美奈絵の体を田村が抱き止める。暫くすると、水底からバスケットボールほどのガスの玉が次々に水面に湧き上がってきた。

三人は、その特大の泡に抱き付くようにして、次々と破裂させている。
その姿は川で遊ぶ東南アジアの子供のように、楽しくはしゃいでいるようにも見える。
私は、腰に吊るしたボトルホルダーからペットボトルを抜いて陽に翳《かざ》した。
濁った焦げ茶色の中に、象牙色の膜の欠片とボウフラが点々と踊っている。
蓋を取り、三人の姿を眺めながら一口飲み下すと、思わず顔が歪んだ。
内服を始めてもうひと月を超える。
そんな風にバシャバシャやっているだけで、何が分かるものか。
私はゲップをした。
毒は内側から摂り入れなければ真の効き目はない。
本当に向こう側に行くのはこの私だ。

梅核

一

喉に強い異物感があって、仰向けに寝ると何かの塊に喉の奥が塞がれて息が出来へんようになってしまう感じがずっとありましてな。夜中に息苦しゅうて目を覚ますような事が、もう何ヶ月も続いとりました。やっぱり癌かも知れん、朝になったら窒息死してるかも知れへんと思うと怖《こお》うなって、五十六歳で死ぬんやと思うたら、後に残された妻の秋恵《あきえ》や娘の理沙《りさ》が不憫でしょうがのうて、何か堪らん気持ちになって自然に涙が出てきますんですわ。しかしこれはきっと男の更年期障害や、耳鼻咽喉科の先生も言うてたように自律神経の失調に過ぎへんと思いながら固く目を閉じて、いずれ書いたると心に決めてる分厚い小説本の内容や装幀の事なんかを夢想している内に、いつの間にか温かいものが頭に充ちてきて眠りに落ちていくんですけど、ろくな夢は見いしません。恐ろしい夢ばっかりですわ。

特に怖いのは、幾つものなだらかな丘がある物凄く広い場所に一人でおる夢で、私は或るコンクリートの建物の中に隠れてまして、ガラスのない窓から遥か向こうの地平線をこっそりと窺っとるんです。そのコンクリートの建物は、唯一身を隠せる場所なんですけど、自分ではコンクリートの壁に身を隠しているつもりでも、何せ何もない丘でっさかいに、どこから見てもそこだけ際立って目立っとるわけです。しかしそこしか隠れる場所がないという何ともやり切れん状況でして、と言うのも私は何者かに狙われてまして、絶対に見付かったらあかんのです。見付かったら殺される事は、もう決まってますねん。で、こっそり周囲の様子を窺ってますと、丘の向こうに人影が見えて、私は心臓が止まるほどギョッとしますんです。とうとう来たか、てなもんでしてな。しかもその人間の視線と私の視線とは、はっきりと交わっておりまして、物凄く遠く離れた場所におるにも拘わらず私は完全にその視線に射竦められてしまっとるんです。それから私は大変な努力を払って、まるで捥《も》ぎ取るようにして視線を外しましてですな、建物の中でどうしたらええかを必死に考えるわけです。もしこの建物から逃げ出したら身を隠すような場所はどこにもない。しかしここにいても暗殺者は必ずやって来る。考えれば考えるほど身動きが取れんようになって、もう一度窓から外を見ると人影は消えておりましてな。どこへ行ったのか、ひょっとすると見付からへんかったのかも知れんと思って、窓から離れると、部屋の中に大きな包丁を持った上半身裸の男が立っとるんですわ。胸とか二の腕の筋肉に太い血管が浮き上がっておりまして、顔は人間と言うより昆虫みたいでしてな、口の辺りが凄い複雑な構造になってまして忙《せわ》しのう蠢《うごめ》いておりますんや。絶対にこっちの言い分は聞いて貰われへん事が一目見て分かるような、いかにも頭の悪そうな顔つきなんですわ。私はもう絶対に殺されると確信して、石のように硬直したまま何も出来ないというそんな夢です。この先はありません。大体この辺りで必ず目が覚めまっさかいな。

この夢が恐ろしいのは、ああ怖い夢やった、では終わらへんとこなんです。私は自宅から歩いて五分ほどの仕事場で寝泊りしながら小説を書いておりますんですが、目が覚めたら当然一人なわけです。夜中の時もあれば、既に太陽が高いところにある時もありますけど（何せ不規則な生活をしてますよって）、喉が苦しいので鼻を鳴らしたり痰《たん》を搾り出したりしながら、殺し屋が夢の中からこちら側の世界に出てきている気配をひしひしと感じて、もう心の底からゾッとするんですわ。どこにおるかは分かりません。見えませんから。しかしほんのすぐ側におるのはもう間違いないんです。何と言うか強い殺気が家中に漲《みなぎ》っておりまして、それは襖一枚隔てた隣の部屋におるような物凄い臨場感なんですわ。仕事場は古い平屋の農家を借りてまして、部屋数も七つあってだだっ広いだけに余計に怖いんです。いつの間にか大蛇の姿になった殺し屋が、家の外壁をぐるりと囲んで締め付けてくるような気がする事もありましてな。ずるずると、音と言うか振動のような物まで伝わってくるわけです。これは錯覚とかでは絶対にありませんで、喉の異物感と同じで完全に実体のある感覚なんですわ。実際に、私はその殺し屋の気配だけで、本当に死んでしまうような気がするほどですねん。

一日に一回家に帰り、家族と夕食を共にしております。一人で抱えておられへんようになって思わず家族に話す時もありますんですけど、特に秋恵は合理主義者でして、さすがに夢の話は出来まへんさかい勢い喉の話になりますわな。

「喉の異物感は『梅核気《ばいかくき》』やって、中岡《なかおか》先生も言うてはったやないの」秋恵は飽き飽きしたようにそう言うんですわ。

「気のもんやないで。ここに（私は喉の皮を摘んで）、絶対何か詰まってるのんや」

「梅の種みたいな奴ですやろ？」

「そうや。でかい奴や」

「ほやから『梅核気』やて言うてますやん。ストレスのせいやから、もっと気楽に書かはったらええんとちゃいますか。ちょっと悩み過ぎやと思いますけど」

秋恵との遣り取りは、こんな感じで終わってしまう事が殆どです。梅核気とは漢方医学の病名で、別名を「ヒステリー球」という自律神経失調症の症状の一種やそうですな。喉に梅の種のような異物が詰まった感じがして、その詰まりの原因はストレスという事らしいですけど、つまりは気のせいちゅう事になりますんやろか。しかし喉は息が出来へんぐらい、詰まって詰まってしょうがないんでっせ。一体どないなっとるんやろかと思いますわ。確かに私みたいなもんには、小説家などというストレスの多い仕事はあんまし向いていないかも知れまへんな。締め切りがぎりぎりまで迫ってからでないと書き始められへんですし、しかも時間がないとろくなものは書けません。その上ええ物が書きたいという気持ちは人一倍強うて、常に自分の書いた作品が不満で不満でしょうがないですし、編集者の意見を異常に気にして、短い物でも一本書いたら心身共にへとへとになってしまいますねん。ストレスの原因は、はい、思い当たります。一年前から言われていた書下ろし長編を、無理してラストの三週間で一気に書き上げた辺りから、喉の調子が覿面《てきめん》悪うなりましてな。最初は煙草のせいやと思うて止めてみたりしましたんですけど、止めてもちいとも変わりませんで、ほやけど吸うたら余計に喉の詰まりは酷うなるんで大分減らしはしましたけどな。漢方薬なんかも飲んでますけど、全然効かしまへん。

娘の理沙は三十歳になりますけど、ちょっと精神の病気で、自立は難しいような按配ですねん。作業所にも通っておったんですが、もうすっかり足が遠のいてしまいまして。安定剤とか睡眠薬を仰山飲んでましてな、見てて可哀想なぐらいしんどそうな様子の時が結構あります。秋恵がパートから帰ってみると、家の廊下に倒れてたりとか。上手に気持ちの整理が出来へんみたいですわ。顔立ちは可愛らしゅうて、まだ二十代半ばぐらいにしか見えしませんのですけど、そやさかいに作業所でも男のメンバーさんにようアピールされたり、スタッフさんからもデートに誘われたりして、それが又心の負担になってたみたいでして。学校の成績も、良う出来たんでっせ。偏差値の高い大学にも行ったんですけど、真面目過ぎるっちゅうのか、異性関係とかセクハラとか、まあ男の私からしたら好きな女の子に日に五回六回メールするぐらいは当たり前と違うんかなと思うたりもしますんやけど、それが何か強迫観念めいたものになってしまいまして、好きでもない男に見張られてるとか、監視されてるとか、挙句の果てには強姦される殺される、みたいな大層な事になりまして、そんな折に実際に通学途中に暴漢に襲われるという事件がありまして、結局大学に行けんようになって中退してしまいました。高校の国語の教師になるという夢がありましたんやけど、教員免許も取れず仕舞いで、ほんま残念な事ですわ。

二

映画に行きました。一人で。一人で行くことはほとんどないのですが、その日はいつになく調子がよかったのです。なので一人で行きました。ひさしぶりの外出でした。それまで、ずっと家の中に引き籠もっていました。去年の秋ごろからずっと。家の中はとても寒くて、こんな寒い日がいつまで続くのかと不安に思っていました。家の外に出たら、もうとっくに春でした。私は花粉症ではありませんから、肺いっぱいに空気を吸いこみました。大学の合格発表の時と同じ空気の匂いがして、泣きたくなりました。私は顎を上げて、駅に向かって歩きました。電車に乗るのはとても苦痛です。しかし目をつぶって女性専用車両に乗りました。私と同じ目をした女性が何人か乗っていました。彼女たちは、見えない敵を警戒しています。ドアのガラスごしに流れていく町の景色の中にも、こちらのようすをじっと監視している目が隠れています。その恐ろしい目と視線を合わせてはいけないことが分かっていても、どうしても探してしまう、そんなおびえた目の女たちが、私に向かって「あんたもか」という目で見てきます。私は目のやり場に困ります。こんな時は、いったいどこを見たらいいのでしょうか。サングラスをしてこなかったことが、とても悔やまれました。ゲップが出て、ヨーグルトの味に混じって胃酸が上がってきました。心臓の鼓動が急に速くなり、息苦しくて辛い。電車が減速しましたが、なぜ減速したのか理由が分からず、このまま秘密の引込み線に入っていって、どこかの収容施設に閉じ込められてしまうのではないかと思って恐ろしくなりました。

駅に着くたびに何度も降りてしまおうかと思いましたが、その度に、心の中に自分の目的を呼び起こして思いとどまりました。私の心は、自分の間違った人生を変えなければならないという思いではち切れそうになっていました。このままでいいわけがありません。最も必要なのが勇気だということは、分かっているのです。町の一角に、「さあ、お家に帰ろう」という大きな看板が立っていました。横にいるお父さんと手をつないで、目を輝かせて笑っているかわいい巨大な女の子は、まるで気がふれているみたいでした。彼女はこれから家に帰るのです。住宅会社の看板でした。「私は絶対帰らへん」、吊り革を握りしめて何度も自分にそう言い聞かせているうちに、降りなければいけない駅でうっかり下車しそびれそうになりました。停車した電車の開いたドアから鉄柱の駅名表示を眺めながら、私は相変わらず吊り革を握ってじっと立っていました。頭ではここが降りる駅だと分かっていても、体は少しも反応しません。それはきっと、怖かったからだと思います。降りるのが怖かった。人はどんな不幸の中にいても、大きな変化を恐れます。ドアが閉まろうとした時、私はハッとしてあわてて飛び降りました。その時、肩を強くドアにぶつけました。大きな音がして、ホームにいた人々がいっせいに私を見ました。遠くのビルの窓からも、この音に気づいて私を見てくる強い視線を感じましたが、もう知ったことではないという気持ちでした。ホームに降りた一歩が、私の新しい一歩なのです。

私は変わるのです。

時刻は午後二時頃だったと思います。それは汚れた川の底のような映画館で、客もまばらでした。私は後ろの方の、一番端から二つ目の席に腰を下ろしました。空気がにごっている気がして、何度か咳が出ました。映画は男女の性愛を描いたものでした。一人の訪問販売員の男が、訪問先の主婦と次々に情を交わすという内容で、見ているうちに、こんなに簡単なことなのかと思いました。男女の営みはまるで挨拶のように、いともたやすく始まって、自然に進行していきました。やがて一本目が終わり、館内がほの明るくなりました。前の方の客の一人が後ろを振り向き、何も映っていないスクリーンの方に向き直りました。私はじっとその客の後頭部を見つめました。やがて館内が再び暗くなりました。すると後ろからやってきた客が、私のななめ後ろの席に腰を下ろしました。座席は沢山空いているのに、わざわざこんなに近くに座るのはとても不自然でした。次の映画が始まりました。この映画は、休暇を山の別荘で過ごすことになった三組のカップルを描いていました。こちらもまた男と女の営みはとても簡単に展開し、相手はどんどん入れ替わっていきます。私に似ているかもしれない女優が一人いて、彼女はしかし私よりずっと大きなお尻の持ち主でした。彼女と交わる男たちはみな、その巨大なお尻と格闘していました。それを面白がって見ていると、斜め後ろにいた男性が席を立つ気配がありました。そして彼は前に歩いて来て、私の隣の席に腰を下ろしました。私はスクリーンから目を離しませんでしたが、男性の方は私をじろじろと見ていました。そして彼は脚で私の脚を突いてきました。私は固まりましたが、映画のように簡単に進行させなければいけないのだと、息を止めて思いさだめました。ここに来た目的もそれでしたから、決して逃げ出すまいと石になったのです。すると手が伸びてきました。

映画館を出て、十メートルほどの距離をあけて私はその男性のあとについて行きました。彼は私の耳元で「離れてついて来いや」と囁いたのです。しばらく行くと、旅館の前で待っていた彼が、追い付いた私のお尻を押して中に入れました。靴を脱いで上がり、階段を踏むとぎしぎしと音が鳴ります。二階の部屋は四畳半で、薄い布団が一組延べてありました。彼が小さな卓袱台《ちゃぶだい》の上に煙草の箱を放り出し、あぐらをかいて煙草に火を点けたので私も一本もらいました。「よう来るの?」彼が訊いたので、私は首を振りました。彼は私の煙草にも火を点けてくれました。彼は私を見ていて、私も彼を見ていました。

「初めてかいな」

「はい」

「ホンマかいな」

「はい」

「さよか」

彼はポットの湯を、ティーバッグの入った急須に注いで、湯呑二つにお茶を淹れました。煙草を吸い終わると、私たちはそろってお茶を飲みました。玄米茶でした。よく見ると、入り口の近くの畳がへこんでいて、卓袱台の下にはいくつもの煙草の焦げあとが付いていました。気がつくと、彼の顔がものすごく近くにあるのです。それは訪問販売員が見知らぬ主婦に近づいていく感じにそっくりで、私はその主婦の柔らかい反応を頭の中でなぞりながら、彼の煙草と玄米茶の混ざった味の接吻を受け入れました。そして自然な進行に身を任せました。私は初めて男の人と肌を合わせました。彼は手なれていて、私に色々なことをしてくれました。私も彼のすえたにおいの物を口にふくみ、一生懸命に頭を動かしました。私たちは急速に近しくなりました。彼は「こんなことは、わしもめったにせえへんのやけどな」と言いながら、私のお尻の穴に舌を入れてきました。

「あんた、名前は何ちゅうんや？」終わった後で、天井に昇っていく煙草の煙を眺めながら彼が訊きました。私は壁に掛かった額を眺めていました。額には、色褪《いろあ》せた写真が飾られていました。

「さくら」私は答えました。

「さくら、か」

「はい。さくら・りさです」

「さよか」

三

氏原《うじはら》産業のパート工員の北尾律子《きたおりつこ》が死んだ。

「北尾律子が死んだから言うて、何でうちらが調べられなあかんのよ」

夕暮れ時、喫茶「鐘の音」の奥の窓際のテーブルに三人が一斉に腰を下ろすなり、羽村《はむら》秋恵が口を開いた。

「大体がやで、もともとあの子ちょっと変やったでな」

「ほんまにそや。入って来た時からここ（頭を指差して）おかしかったわよ。うちらが何も言わんでも、絶対死んどったわ」中《なか》アケミが声を潜めて同調する。中アケミはデブなので、四人席のテーブルでは、決まって彼女と他の二人とが向き合って座った。羽村秋恵は煙草に火を点け、太い煙を吐き出した。

「死ぬ前の週にもな、朝一に工場の中でツカツカッと寄って来てな、『羽村さん！』て大きな声で言うて来たんやんか。何やと思うたら、『羽村さん、今年は桜が一本も咲いてませんよ！』て、まるでこの世の終わりみたいな顔で言うんよ。『あんた何言うてんの。普通に咲いてるやんか』って言うても、『見た事ないです。見た事ないです』って、今にも死にそうなあの骸骨みたいな顔で、（ここで中アケミと谷川《たにがわ》万里子《まりこ》は弾かれたように笑い声を上げた）しつこう言うてくるさかいな、うちスマホで谷川さんのフェイスブックの写真見せたったんよ。あんた、桜をバックに旦那さんと一緒に撮った写真アップしてたやんか」谷川万里子が頻りに頷く。

「それとかな、中さんの息子さんの写真。桜の枝に手を添えてるあの写真もな」中アケミも大きく頷く。

「そんなの見せたってん。そしたら『こんな写真、信用出来ません』て言うからな、あんたアホか、谷川さんの写真にも中さんの写真にも、何個『いいね！』が付いてると思うてんのよ。九百とか千も『いいね！』が付いてんねんで。あんた一人の『信用出来ません』と千人の『いいね！』と、どっちが正しいんよ、って言うたってん。そしたら何か知らんけど物凄く神妙な顔になって、『千人のいいよ、千人のいいよ』ってブツブツ呟きながらどっか行ったわよ」

ウェイターがやって来て、三人はそれぞれ注文を済ませた。

「北尾律子もフェイスブックやってたんよ」中アケミがスマホを弄り始めた。

「ちょっと今、出てけえへんけど」

「私も見たわよ。『監視されてる』とか『みんな殺される』とか辛気臭い事ばっかり書いてからにな。事故とか事件の気持ちの悪い写真ばっかりシェアして、『いいね！』が一つも付いてなかったやないの」羽村秋恵が言い、谷川万里子が頷く。

「『いいね！』が増えるように、ちょっとは工夫出来んかったんやろか」

「そんな工夫出来るぐらいやったら、きっと死んでへんわよ」

「ホンマに。不器用な娘《こ》やったわ」

運ばれて来たティラミスやコーヒーに口を付けながら、三人は尚も喋り続けた。

「北尾律子がよう言うてた監視って何の事なん？」頷いてばかりいた谷川万里子が、ようやく口を開いた。

「誰かに見張られてるって本気で思ってたんよ。何や知らんけど、秘密組織とか宇宙人とかそんなもんに監視されてて、しまいにはみんな殺されるっちゅうてな。そやのに自分だけ死んでしもて、アホちゃいますのん？　てなもんやわ」そう言うと、中アケミはティラミスを二口で平らげた。

「被害妄想よ。うちの旦那と同じじゃ」羽村秋恵が言う。

「旦那さん、どないしたんな」中アケミが身を乗り出した。

「喉が詰まる喉が詰まるって、しょっちゅう言うんよ。何遍も耳鼻咽喉科行って診て貰ってるらしいんやけど、ファイバー・スコープで見て貰っても何も見付からへんのよね。ほんでも喉が詰まる息が出来へん言うて、ホンマにしつこいしつこい。癌や癌や言うてな。小説家なんてええ加減な事ばっかり書いとったらええんやから、もっと気楽にやったらええのに。基本的に向いてないんよ。ほんでも書いて貰わな生活困るし、騙し騙しこき使《つこ》うていくしかないわよ」

「まだ変態小説みたいなの書いてはるん？」中アケミはコーヒーを飲み干した。

「そうみたいやけど、何書いてるのか全く知らんし、興味なしやわ」

「娘さんは？」

「うん。最近少しは外出出来るようになって、近所に一緒に買い物行ったりしてるんよ」

「それは良かったなあ」

北尾律子は生前この三人の名前を挙げ、同じ班の中で自分だけ除け者にされた上に常時監視されているようだと、別の同僚に漏らしていた。住んでいたアパート諸共に焼死する数日前にも、同じ話を聞いた同僚が何人かいたらしい。警察と会社は三人に事情聴取した。彼女達は、四人は固い絆で結ばれていて、度々北尾律子の相談に親身に耳を傾けては適切なアドバイスを与えてきたと口を揃えた。そして羽村秋恵は、フェイスブックにアップした写真を提示した。工場の中庭で撮った写真には仲良く笑う四人の姿が写っていて、「いいね！」が千二百以上付いていた。刑事は「良い写真ですな」と言った。

「お花見には行ったん？」谷川万里子が羽村秋恵に訊いた。

「まだやねん。でも理沙もちょっと具合ええし、そろそろ行こかなと思てるねん」

「行ったら写真アップしてな」中アケミが言った。

「あいよ」

それから一時間ほど喋って彼女達は散会した。三人には、生前の北尾律子からそれぞれ恨みに充ちたメールが届いていたが、その事は誰も話題にしなかった。

四

あそこに出来物が出来ましてな。亀頭の、カリ首っちゅうんですか、根元の辺りも腫れ上がってしまいまして、これは性病に違いないと思うて、びっくりして泌尿器科に駆け込みましたら、「黴菌《ばいきん》が入ったんや。汚い手で触ったんちゃうか」と医者に言われまして、抗生剤を貰いました。その病院の待合でスマホを弄ってましたら、「あなたの奥さんについて」という件名の知らん人からのメールが来てまして、開いてみたらこんな文面でした。

「氏原産業のパート従業員である羽村秋恵と中アケミと谷川万里子の三人によって自殺に追い込まれた北尾律子の無残な焼死体の画像をご覧になりたくありませんか？」

画像は六枚添付されていまして、どうしようかと迷ったんですけど何となくダウンロードしてみましたところ、ネット上に溢れ返ってる残酷写真の類でうんざりしました。北尾律子という名前は記憶にありませんでしたが、秋恵がよく同僚の誰かの事をボロカスに言うてたのを思い出しまして、きっとその女なんやろなと思いました。北尾律子は燃え尽きた部屋でうつ伏せになっとりました。真っ黒に焦げた尻が艶々と光ってまして、そこだけグッとくるものがありまして、思わず「痛っ」と股間を押さえましたわ。

その晩、いつものように晩飯を食べに家に帰りました。

「理沙は？」

「寝てるわよ。あんただけ先に食べて」

メインは黒豚のステーキで、ナイフを入れると赤味掛かった肉汁が滲み出しました。

「ステーキとは、えらい豪勢やないか」そう言いましても、秋恵はろくに返事もしませんで、何となく様子がおかしいんで、矢張り北尾律子の事で少しは悩んでるのかも知れんと思いまして、「職場で何かあったんか？」と訊きますと「何もあらへん」と言います。

「まあ色々あるやろうけど、気に病む事はないんとちゃうか」私は優しくそう言いました。

切った肉を口に運んでいると、スマホを弄っていた秋恵が急に顔を上げました。

「あんた」

「何や？」

「これ何な？」

突き出されたスマホの画面を見ますと、男二人が旅館の中に入っていく連続写真ですねん。

「何やて何や？」

「もっと下の方見てみ」

スクロールしますと「小説家・羽村禎一《さだいち》、ゲイ男とデート　映画館↓旅館↓飲み屋↓仕事場」とあって、日時と場所とが克明に記されておりますんですわ。何やら、わけの分からん怪しげなサイトでしてな。矢張りずっと監視されてたんやと思うと、正体の分からんそっちの方が恐ろしゅうなりまして、思わず部屋中を見回しました。

「これは取材しとったんや」

「そうですか」

「何せ変態小説家言うても、色々実際に現地に行って聞いてみんと分からへん事も多いさかい、ゲイのおっさんにちょっとな」

そんな咄嗟の言い訳も、相手の男に尻を触られて笑っている自分の横顔のショットの前では、まあ無力でしたわな。

「あんた。何としてでもこの記事、消しとくんやで」

「ああ」

「そうせんと、これが事実になるんやさかいな！」

そんな事を言われても、どないしたらええのか見当も付きません。私はこの時余程、北尾律子の焼死体の写真でも見せてやろかなと思たんですけど、そんな事をしても別に詮無き事やと思うて思い止まりました。

まあもうこうなったら仕方ありませんさかいに白状しますけれども、私はずっと娘の理沙が可愛くて可愛くて仕方なかったんですわ。誰にも渡したくないという気持ちをずっと持ち続けておりましてな。ましてや、ちゃらちゃらした学生の男どもになど指一本触れさせるもんかと思うとりました。しかしすっかり大人になった理沙を、子供みたいにして抱くわけにもいかしませんし、顔を隠して抱き付いてみたもののあの時は狂ったように拒否されましたから、いっしか、いっその事理沙そのものに成ってしまいたいと思うようになりましてん。ハッテン場の映画館に行ったのも、理沙に成り代わって男に抱かれてみたいという欲求からですわ。人間っちゅうのは矢張り、バーチャルな唯脳生物ですな。相手の男に嬲《なぶ》られてる時、私は何度かホンマに理沙でしたさかい。

するとどんとんと音がして二階から理沙が下りて来たので、私も秋恵も慌てて理沙モードに切り替えました。

「理沙ちゃん、晩御飯食べる？」

「今日は黒豚のステーキやぞ理沙」

理沙は笑みを浮かべて椅子に腰を下ろしまして、ゆっくりと食べ始めましたんですけど、その様子を見てると、我々夫婦に何でこんなに可愛い娘が生まれたのかと不思議でならんのですわ。「理沙、明日お花見に行こな」秋恵がそう言いますと、理沙は小刻みに頷きました。理沙は暴漢に襲われて以来、一言も喋られへんようになってしまいましてな。緘黙《かんもく》っちゅうやつですわ。それが不憫で辛《つろ》うて、理沙の顔を見る度に、焼きごてを押し付けられたように胸が痛むんです。人間、悪い事は出来しませんな。

次の日、三人で出かけました。

はい。花見です。

行く場所は限られてましてな。駐車場も一杯で、随分待ってやっと車を停めたと思たら、今度は目的物に人人人の物凄く長い行列ですわ。理沙をそんな行列に並ばせるわけにはいきませんから、秋恵と理沙にはそこらを散歩させて、行列には私が並びました。一時間半ぐらい経って漸く順番が回ってきて、スマホで秋恵を呼び出したら「おっさん、それ割り込みとちゃうんけ」と若い兄ちゃんに「いちゃもん」つけられて、危うく喧嘩になり掛けまして。ほんでも理沙の手前喧嘩なんて出来ませんからぐっと堪えて、自撮り棒で親子三人、桜をバックに写真を撮りました。画像を確認したら私の顔が引き攣ってまして、秋恵に文句言われて何度か撮り直してましたら、さっきの兄ちゃんに「はよせんかボケ」と言われまして、腸《はらわた》が煮えくり返りましてんけど無理に笑顔を作って、何とか一枚ええ写真を撮りました。列を離れると今度は兄ちゃんが恋人と写真を撮り始めて、今の今まで鬼みたいやった兄ちゃんの顔が、写真撮る瞬間だけ満面の笑みになって、撮り終わった瞬間に又鬼に戻ったのを見て、吐き気がしました。けど、自分も同じなわけです。

桜は一本だけ、水を張った樽に刺さっとるんですわ。化学兵器とかのせいですか、桜なんてもうどこにも咲いとりませんから、みんなここに来て、どこかで特別に栽培されたこの桜をバックにスマホで写真撮って、それをフェイスブックにアップするんですけど、爆発が起こったのは秋恵がギリギリアップし終えた瞬間でしたですな。我々は無事でしたけど、列の真ん中辺りで何人か吹っ飛んでました。理沙はパニックになって、その時の理沙の顔を見たら、何や知らんけど物凄くブスで、その瞬間に何か憑き物が落ちた気になりました。自分は何をしてたんやろう、てな感じで。

爆発の音の大きさにはびっくりしましたけど、まあ言うたらもう飽き飽きって感じですわな。死んだり怪我したりしている人を避けて行列は依然として続いてましたし、みんな桜をバックに笑顔で写真を撮って帰って行くわけです。テロの現場の写真なんかには誰も「いいね！」しませんけど、花見の写真をアップしたら絶対に仰山「いいね！」が付きますさかい、まあ普通の事ですわな。

えらい退屈な話して済んまへんでしたな。もうすぐ声が出えへんようになりまっさかい、喋れる内にせいぜい喋っとかんとと思いましてな。へえ。喉頭癌ですねん。何ちゅうか、喉に梅の種が詰まったような感じですわ。やっぱり町医者はあきまへんな。何が自律神経失調症やっちゅうねん。ここは立派な病院ですなあ。あんさんも早よ良うなったらええですな。その怪我は爆弾でっか。さよか。しかし国はテロリストを完全制圧したと言うとりますし、総理の平和宣言には「いいね！」が七千五百万個も付いたと言いますから、この国が平和である事はまず間違いおまへんな。私も最近は、変な夢もあんまり見んようになってきまし……げほっ。あ、済んまへん、ナース呼んでくれませんか。血痰出ましたさかい。見とくんなはれ、まるで梅の種みたいでっしゃろこれ。

真空土練機

腰に違和感があった。

　十年ほど前に酷い腰痛になり、数日間立てなくなったことがあった。まだ学生で、両親と同居していた頃だった。実家のカーポートに干していた玉葱を取り込もうとして腰を入れた途端、突然杵《きね》で強打されたような激痛に襲われ、玉葱を引き千切りながら車に倒れ掛かり、ボンネットに側頭部を打ち付けて転がった。玉葱を抱いて勾玉《まがたま》の姿勢で寝転がったまま、カーポートの門扉の隙間を通り過ぎて行く靴やサンダルを、無音の悲鳴を上げながら血走った目玉で幾つも見送った。やがて唸り声に気付いて覗き込んだ近所の人間が、「あなた何をしてるの？」と言った切り気の遠くなるような長い時間をかけて観察した後、「あら嫌だ」と呟いて玄関のインターホンを押してくれた。

　その時は部屋に寝たまま六日間微動だに出来ず、七日目に両親に付き添われて整形外科を受診した。「椎間板《ついかんばん》ヘルニアですな。腰椎《ようつい》の五番と四番の間の椎間板が、ほら、飛び出しているでしょう」と、ＭＲＩの画像を示しながら言ったその初老の医者の鼻の穴から左右合わせて十二本の鼻毛が出ていたと帰りの車の中で父は言い、「ほら、飛び出しているでしょう、鼻毛」

と医者の物真似をして母を笑わせたが、後部座席に横たわった西川奈美子《にしかわなみこ》は父の下手な運転のせいで激痛がぶり返し、額に冷たい汗をかいた。途中で立ち寄ったスーパーで車に置き去りにされて散々待たされた挙句、戻ってきた両親の吐き出すたこ焼き臭い息を嗅がされた時、彼女はいつか彼らを殺そうと思った。しかし家に戻って痛み止めのロキソニンを飲んでウトウトした後、「美味《うま》いぞ」と差し出された冷え切ったたこ焼きを口に入れて貰い、布団に寝たまま蛸を嚙んでいると胸が一杯になり、親がしてくれる介護の心根に嘘はないと蛸と一緒に嚙み締めた。

　大学を出て、西川奈美子は倉庫会社の事務職に就職した。「そんな会社、腰に悪いんじゃないか」と父は言ったが彼女は「何言ってんの事務仕事よ」と答えた。しかし実際はダンボール箱を移動させたり担いだり抉《こ》じ開けたりする作業が予想外に多く、疲れが溜まったり低気圧が近付いたりすると、腰に錘《おもり》を載せられているような不快な鈍痛を覚えた。男っ気というものがまるでなく処女のまま独り暮らしの十年が過ぎ、三十三歳になった今年、梅雨に入って以降目立って腰が重たく感じるようになった。ここ数日はいつ激痛に襲われても不思議ではないという自覚があり、在庫チェックなどを代わって貰ったりして気を付けていたが、どうやら今日出勤したら危ないと踏んで、朝「腰痛が酷いので休ませて下さい」と会社に電話を入れた。

「明日出勤したら休暇の手続きをして下さい」と機械的に言ったのは橘《たちばな》あずさという年下の社員で、彼女は営業の木崎勉《きざきつとむ》と出来ていたが、最近小柳由紀《こやなぎゆき》という別の女に木崎を取られたという噂で、だからつっけんどんな物言いなのだろうと西川奈美子はそう思うことに決めて、コーヒーサーバーのスイッチを入れた。木曜日だった。橘あずさが当然視する明日の出勤が、テレビの「おはようタイム７１０」の夜半から雨が降るでしょうという天気予報に打ち砕かれそうになる。この時間、普段は既に家を出ているので見ることのない「おはようタイム７１０」のお天気お姉さんが、「私は気象予報士であって馬鹿なタレントとは違う人種です」と角ばった鰓《えら》で主張している一斗缶のようなその顔を見ても、オーブントースターのタイマースイッチを捻っていた西川奈美子の心は何一つ動かなかった。

その時低気圧の中心は日本の南の海上百二十キロ付近にあり、太平洋の水面から立ち昇る水蒸気を盛んに吸い上げながら雨雲を膨らませつつあった。その上空で、陽光を銀の機体一杯に眩しく反射させて飛行していたドバイ発デッカ・イシリー航空６１３便は、眼下の暗雲に向かって高度を下げながら成田空港に向けて着陸態勢に入ろうとしていた。窓の外に真っ黒な雲を見たパキスタン人の子供が「ママ、このままじゃ岩にぶつかるよ」と母親に注意を促し、母親は自分の唇に人差し指を当てて黙らせた。機体が雨雲に突入した途端、６１３便はハンマーで叩かれたように大きく揺れたかと思うと一挙に七十メートル落下し、乗客全員の腰を浮かした。続いて機体は激しく左右に揺れたが、数秒後に安定飛行を取り戻すと「おおっ」という大人達ののどよめきや笑い声と同時に、あちこちから子供や赤ん坊の泣き声が湧き起こった。母親がふと隣を見ると、我が子は虚ろな目をして大あくびをしている。母親は彼の肩を抱き寄せ、「この子は動じなかったわ」と思いながら息子の将来に期待を寄せた。

洗面所の鏡に自分の顔を映した時、整形を繰り返して金が尽き、挙句の果てに食用油を自分の顔に注射して猛烈に腫れ上がってしまった韓国の「扇風機おばさん」のYouTube動画を思い出し、この浮腫みは昨夜安物のワインを痛飲したせいだと自分に言い聞かせながら執拗に洗顔していると、最初の小さな痛みに腰を貫かれた。西川奈美子は水道の水を出しっ放しにしたまま洗面台にぶら下がるようにしゃがみ込み、背骨の右に出っ張っている筈の椎間板がどうやったらこれ以上神経に触れずに済むかを懸命に探りながら、踵に乗せた尻の位置を微妙に調整することに精神を集中させた。倹約家で吝嗇家《りんしょくか》でもある彼女にとって、出しっ放しの水道水が奏《かな》でる派手な水音はワーグナーの楽劇のように頭の中に響き渡っていたが、うんそうね、カランを締めるために今尻を上げることが命取りになりかねないことぐらい理解しているわ、と頭の中の正体不明の誰かに請合った。余りに顔が腫れ上がったせいで立ち姿が扇風機のように見えることから名付けられた「扇風機おばさん」がテレビで紹介されるや、同情した視聴者から手術の為の寄付金が集まった。「扇風機おばさん」は元々美人だったのだが、しかしその美しさは二度と彼女の手には戻らなかった。

西川奈美子は床に右手を突き、慎重に体を右側に傾けると尻をそっと床に落として、瀕死の白鳥のようにゆっくりと寝そべっていった。すると腰が少し楽になった。洗面台の縁から跳ね上がる水滴を見上げながら、彼女はこれから取るべき行動について考えを巡らせ、しかし眼鏡のレンズに付着する水滴が増えていくに従って考えがまとまらなくなり、ベッドかソファまで這って行くにしてもとにかく水を止めることが先決だという結論に達した。息を止めて体を起こし、洗面台の縁に手を掛けて学生時代にバレーボールで鍛えた腕の筋肉を石のように固めて懸垂の要領で体を持ち上げると、腰に負担を掛けることなく意外にすんなりと体が持ち上がったので、すかさずカランに手を伸ばして親の敵《かたき》に対する如く強く締め付けた。学生時代に部活仲間から「奈美子の指力」と言われた、指圧の得意な力強い指が物を言った。そのまま立てる気がして裸足の両足を踏ん張ると、難なく立てた。バランスを保ちながらティッシュ箱から一枚引き抜くと眼鏡のレンズを拭き、確認するように頷きながら一歩一歩、歩を進めた。立ち止まって壁に寄り掛かり、キッチンテーブルに置かれた平皿に載ったトーストと、流し台の上のコーヒーサーバーの中の黒々としたコーヒーを盗み見ると口の中に唾が湧いた。テーブルは三千円の安物だが、椅子は大枚をはたいて買った背凭《せもた》れがフレックスになっている天然牛革シートの高級品で、彼女の弱った腰を優しく包み込んでくれる筈だった。西川奈美子はもう一度頷いてから、踏み出した足に体重を移動させた。数歩歩いて立ち止まった後のこの一歩に、嫌な予感が走った。しかしこの瞬間に突然襲うかも知れぬと覚悟していた衝撃は訪れず、気を良くしてマグカップにコーヒーを注ぎ、冷蔵庫からジャムを取り出すという回り道をしてすら何ともなかった。彼女は肘掛に手を突き、「どうしてそんなに大きくなったの？」とよく母に言われる大きな腰を牛革シートの上に軟着陸させることに成功するや、テレビ画面の中の「本日未明、高速道路で4台玉突き事故　1名死亡2名重体」のニュース映像にチラリと目を遣り、自分の眼前に突如開けた丸一日分の自由を思いながら、既に冷えてしまったトーストに苺ジャムを塗りたくって馬蹄形に噛み千切った。そして冷蔵庫の上の卓上液晶時計とテレビの時刻表示が僅か二秒差で7:47を表示したことに満足げな笑みを浮かべながら、コーヒーを飲み下した。

この同じ時刻に「久保山《くぼやま》倉庫（株）」のタイムカード読み取り機に小柳由紀がカードを差し込んでいる。彼女は自分の家から出勤したのではなかったが、いつもと変わらぬバッタのような顔で周囲を見回すと、更衣室へと向かう暗い廊下を歩いていった。数人の社員と擦れ違ったが、彼らは小柳由紀がろくに挨拶もしない女であることを知っているので殆ど無視して通り過ぎた。女子更衣室に入った彼女の頭の中には、外泊するにあたり電話で親に吐いた嘘の辻褄と、木崎勉がホテル代一万二千円の内彼女に支払わせた五千円の価値についてのことしか存在しなかった。どう考えても、ちょっと顔がいいだけの木崎勉との一夜に五千円の価値はない気がした。自分のデスクに鞄を置いて事務椅子に腰を下ろすと、「西川奈美子、休むって」と斜め向かいの橘あずさが言った。

「あら、どうしてですか？」

「それはプライバシーよ」

「腰ですね」

「さあね」

「あんなに大きくて頑丈そうなのにね」と小柳由紀は笑った。橘あずさは本立ての陰に顔を埋め、「お前の尻は西川奈美子の半分にも満たないな」と言った木崎勉の言葉を思い出しながら目尻の下をピクッと引き攣らせた。

その言葉が木崎勉の口から出た時、彼と橘あずさの関係は季節で言うと既に晩秋か初冬で、実際の季節もその頃だった。木崎勉が尻のでかい女が好きだということは、彼らが狂ったようにセックスしていた夏に知らされた。「そんな話聞きたくなかったわ」と言うと、「済まん」と彼は言い、「しかしお前には別の魅力があるぜ」と付け加えた。

「別の魅力って？」

「えーとそうだな、小振りな尻とか」

「あなた馬鹿にしてるの？」

橘あずさには尻がなかった。ジーンズなどを穿くと、尻の辺りに象のそれのような求心的な皺が寄った。姿見に映して振り向いて見ると、ここだけ老婆だと思わずにいられない。デートの度に、橘あずさは映画館やデパートなどで擦れ違う女に向けられる木崎勉の視線をチェックしたが、それは逃れようのない必然的な法則に支配された昆虫のように、より大きな女の尻を驚くべき正確さで感知しては絶えずロックオンするという機械的動作を繰り返しながら目まぐるしく動き回っていた。「何も考えてないな、こいつ」と彼女は思った。夏の終わりになると、木崎勉とのセックスによって我を忘れるということが出来なくなった。快楽の波に幾ら押し流してしまおうと努めても、ホテル「ＥＶＥ愛キャン」のアールデコ調の柱の渦巻き模様の中にクルクルと回転していたり、木崎勉の汗で光る額の中心に居座っていたりする彼女自身の自我（と言うか顔）が、執拗に「お前には尻がない、お前には尻がない」と分かり切った念押しを繰り返してくるのだった。

「やだ、こぼしちゃった」と小柳由紀が独り言を言った。八時半の始業前の時間、小柳由紀は決まって自分で買った一人分のコーヒーをドリップし、ドーナツや菓子パンを食べて朝食にしていた。橘あずさは、こぼしたコーヒーを拭ったハンドタオルを洗うために給湯室に立った小柳由紀の、制服のスカートをキュッと押し上げるその尻を凝視した。それは西川奈美子を百、橘あずさを二とすると六十五レベルの代物だった。つまり三人の中で最も一般的なナイスヒップだった。木崎勉への未練など自分の中に一滴も残っておらず、従って小柳由紀に対する嫉妬も消滅した筈だった。問題はただ自分の尻肉を盛り上げることだけだと、何度も確認してきた事項を再確認すると、橘あずさはパソコンの経理の作業画面に向き直った。しかし画面の数字はまるで頭に入ってこなかった。全ての男は豊満な尻というものに抵抗出来ない生物なのかどうか、この一ヶ月間彼女はインターネットを駆使したり、可能な限り幅広い年齢層の男達にそれとなく探りを入れたりして徹底的に調べ上げた。そして今や彼女の疑問は確信に変わりつつあった。即ち結論は、ごく一部のマニアを除いてほぼ全ての男は女の豊満な尻が大好きである、だった。彼女にとって、これ以上の重大問題はないと言ってよかった。そして密かに胸に抱いている計画を反芻《はんすう》している内に、始業ベルが鳴った。

社員一同は、始業と同時に集会室に集合してまずラジオ体操をする。橘あずさは小柳由紀から距離を取り、壁を背にして立った。男達にバックを見せない立ち位置を無意識に選ぶようになっていた。ふと見ると、小柳由紀が何か夢見るような顔で気のなさそうな前屈をしていた。木崎勉の執拗な攻めに貫かれたのであろう、仕事の為の体力など残っていそうにない生麩のような立ち方だった。去年の夏の自分を見るようで、鼻で笑った。

小柳由紀は朝礼のこの時間、いつもそうであるように、小学生時代の夏休みの朝の公園を思い出していた。その時一緒にラジオ体操をしていた木村卓男《きむらたくお》は同じ小学校の児童で、その女性的な白い腕や開《はだ》けた襟元から覗く繊細な鎖骨に彼女は堪らない清潔感を覚えて興奮したものだった。もし木崎勉に何か惹かれるものがあったとすれば木村卓男を思い出させるその肌の白さだっただろうが、知的レベルは猿に過ぎない木崎勉に対して木村卓男は当時バイオリンの神童と言われていた。その後ロシアに音楽留学をしてプロを目指したが挫折、帰国して浪人した後外国語大学のロシア語学科に学び、卒業してお菓子メーカーに勤めた。去年の盆休みに帰省していた彼と商店街でばったり会い、喫茶店で一時間ほど話した時の幸福を忘れることはないだろう。緊張し過ぎて話した内容は殆ど覚えていなかったが、彼女はその時初めて間近に木村卓男と接し、舌よりも饒舌《じょうぜつ》に彼自身を表現するその滑らかな指のダンスに魅入られた。指は何かに操られるように勝手気儘《きまま》に動いているように見え、それは天性の音楽的才能の発露に違いないと思われた。彼の口から発せられた「でね」とか「それがね」とかいった辛うじて記憶に残っている殆ど意味のない言葉の断片に対して、握られたり拡がったり翻ったりする彼の十本の指は、何十倍、何百倍もの豊饒な意味を彼女の脳内に呼び起こした。彼女はこの指こそ本物の才能だと興奮した（小柳由紀は何に付け、天賦の才というものに否応なく惹き付けられた）。彼女の周りに、このような人間は皆無だった。彼に最も無縁なのが停滞という状態であり、迷いや逡巡、躊躇、スランプ、暇の持て余し、回り道、無駄な努力といったものから最も遠く隔たった存在だと思った。しかし話している内に、勝手に溢れ出るその才能を彼自身がうまくコントロールし切れていないという印象を持つようになった。チャイコフスキー記念国立モスクワ音楽院に留学し、ロシアで過ごした日々など題材には事欠かなかったにも拘わらず、木村卓男の話は押し並べて詰まらなかった。整った鼻筋と切れ長の目を観察しながら、美しくはあるけれどもこの人は恐らく線が細いのだ、と彼女は思った。もしこの才能に猿のような本能的で迷いなき強靭《きょうじん》な自我が備わっていれば、自分は全身バイオリンになって彼に弾《ひ》いて貫いたいと思ったに違いないが、そんな欲求は露起こらなかった。彼女の夢想は決まって「才能を持った猿はいないのか」という結論に達した地点でどんづまりになった。社長の訓示の途中で集会室に入ってきた木崎勉の姿を横目で見ながら、しかし単なる猿では話にならないと彼女はこっそりと独りごちた。木崎勉の髪には今朝ベッドで見た寝癖がそのまま残っていて、馬鹿だと思った。

「……この未曾有の大災害に対して、我が社に出来る最大限のことを一人一人が熟考し、そして積極的に提案して貫いたいのであります。被災地は喘《あえ》いでいるのであります。我が社の社会的使命をしっかりと自覚し、尚且《なおか》つ通常業務にいつも以上に精励して頂きたく……」

また何か起こったのかと思ったが、社長が七年前の災害のことを言っているのだと分かるや木崎勉は生欠伸を噛み殺した。社長の体重はここ数年で二十キロは増え、今や百二十キロを超えていた。口では社会的使命などと言いながら、税金対策に自分が経営するクラブで毎晩のように地元議員や有力者を接待しているこの百貫デブは五年以内に心臓病で死ぬに違いない、と木崎勉は見ていた。跡継ぎの久保山邦彦《くにひこ》は四十五歳だが未婚で、彼がゲイであることは社内のごく一部の人間しか知らなかった。久保山邦彦の相手に選ばれた社員は七名。彼らは、内ポケットに将来を約束する秘密組織「薔薇組」の英語読みの頭文字Rの金文字が入った名刺入れを隠し持っていた。

「寝癖」

「何？」

「頭、頭」

朝礼が終わって皆が散会していくどさくさに紛れて、小柳由紀が声を掛けながら立ち去っていった。木崎勉は手櫛で髪を撫で付けながら、営業マンの一人が小柳由紀の尻を盗み見ているのに気付いた。猪首で二重顎の若い社員で、確か北野《きたの》とかいう奴だ。朝っぱらから如何にも物欲しそうなその馬鹿面は何だ、と心の中で蔑んだ。集会室の窓から弱い陽光が射し、人の消えた床の上に埃の粒が煌《きら》めいているのを眺めながら、木崎勉は彼女の肛門の際にある小さな黒子の存在まで知っている自分に喜びを覚えた。それは最初見た時大便かダニかと思ったが、指で伸ばすと焦げ茶色が幾分薄くなったので黒子と分かった。頭の中で、ホテルの部屋にずっと流れていたバロック音楽がまだ渦を巻いていた。同じ曲が繰り返し流れているのかと訊くと小柳由紀に「馬鹿ね、全部違う曲よ」と言われたが、どれも同じ曲にしか聴こえなかった。そして彼女は二回目のセックスの後でこんなことも言った。「あなた本とか読んだことあるの？」。木崎勉は「ないよ」と答えて煙草の煙を天井に吹き上げ、小柳由紀の顎から耳にかけてのラインを指で撫で上げると、彼女は「ふふ」と笑った。「何がおかしい？」と訊くと「毎日何を考えてるの？」と言った。

「何も」

「そんな筈ないわ。何か考えてる筈よ。よく思い出して」

しかし彼は自分が考えているかも知れない内容について考えたことはなかったし、ひょっとすると自分が何か考えているとすら考えたこともなかったので「うーん、ちょっと分からないなあ」と答えて枕元の灰皿に煙草を押し付けた。小柳由紀はベッドに肘を突いて上体を起こし、真っ直ぐに彼の顔を見詰めてきた。口を結んだその顔は、普段にも増して一層バッタに似ていた。するとこの人間の姿をした雌バッタは「あん」と一声発していきなり抱き付いてきた。「何だよ」「あん」「またやるのかよ?」「あんあん」。そっちこそ馬鹿だろと思いつつ、木崎勉はもう一発出来るかと自分の下半身に問い、舐めて貰えば何とかなりそうだと分かるや、小柳由紀の頭を両手で鷲掴みにして自分の股間へと押し付けた。彼女は間髪を入れず貧相な顎を引いて彼の軟体部位を口に含み、バキュームし、唾液まみれにしながら硬くするや猛然と機械的な上下運動を始めた。「もっとゆっくり」と木崎勉が言うと、その通りにした。午前四時まで彼らは断続的に交接し、四回目の途中でほぼ同時に意識を失った。従って小柳由紀は二時間、木崎勉は二時間半しか寝ていなかったが、彼らはまだ若かった。小柳由紀は二十四歳、木崎勉は二十六歳だった。二人とも早生まれの魚座で、会う度にどこまでも流されていった。

三十三歳で牡羊座の西川奈美子の朝食はいつもトースト一枚切りだったが、この朝は食べれば食べるほど腹が減り、冷蔵庫の中のハム、プロセスチーズ、レタス、納豆、梅ゼリーを次々に平らげ、花林糖《かりんとう》の袋を貪《むさぼ》っている最中に急激な便意が来た。立っている時より椅子に腰掛けている時の方が腰に負担が掛かるという一般的な事実、及びテレビの家ダニの顕微鏡映像に気を取られて腰への充分な配慮が欠けていたことの二つの要因が重なって、立ち上がり掛けた西川奈美子の腰に最も恐れていた重量級の激痛が襲い掛かった。彼女は「いっ」と叫んで腰砕けになり、咄嗟に椅子のシートに尻を戻そうとした。しかし腰を庇《かば》おうと肘掛に手を突いた途端バランスを崩し、椅子を抱いたまま大転倒した。その時背凭れで更に腰を強打したが、彼女はそれを自覚する余裕もなく撃沈し、床に伸びて、ゆっくりと息の長い放屁をした。

階下に住む年金暮らしの老夫婦は部屋が揺れた瞬間、それぞれに湯吞と耳かきを手にしたまま揃って首を竦めて見詰め合ったが、地震ではないと分かるや「嫌だわ」と老妻がプイと横を向いて茶を啜り、老夫は何も言わずに耳掃除を再開した。彼らはこの時、実に二十年振りに互いに長く見詰め合ったのだったが、双方共に「誰だこいつは?」と思って途方に暮れた。その後徐々に伴侶の顔を思い出していつもの日常に復帰していったが、前より一層退屈極まる時空に閉じ込められていくようなこのプロセスの終盤に於いて、二人は殆ど同じ瞬間に叫び出しそうになるのを、それぞれの人生経験で得た技を駆使して危ういところで何とか堪えた。

西川奈美子は横向きの姿勢でアルマジロ化していた。

彼女には幾つかの解決すべき重要な課題があり、そのどれもが困難を極めた。まず最優先課題として呼吸の確保があった。腰痛は明らかに十年前と同程度かそれを上回るレベルで、満足に息も出来ない。痛みを我慢するとは、畢竟《ひつきよう》呼吸を止めることと同義であった。しかも上の口と下の口とは連動しているのだろうか、痛みが瞬間的に緩む僅かの間隙を縫って素早い呼吸を確保するや、忽ち肛門が緩んで危険な状態に陥った。それでなくとも屁は次第にその密度を高め、刺激的で熱いものになってきていた。最低限の呼吸しか許されない中で、更に考えなければならないことがあった。経験上一週間は動けない。となれば改めて会社に連絡する必要があるのは勿論、診断書も必要だった。医者に診て貰うことは絶対条件である。携帯電話はどこに置いた？　さっき会社に電話したわ、そうよ、テーブルの上だわ。見上げると、テーブルまでの高さは百メートルもあり、彼女は地獄に堕ちた一匹の雌蟻に過ぎなかった（尻が大きいことから会社の男達に、密かに「蟻」とか「女王蜂」と呼ばれているのを何年も前から彼女は知っていたが、ずっと知らない振りを通していた）。アリジゴクに腹を咬み千切られて糞まみれになっている自分の絵が浮かんできたが、それを打ち消すゆとりはなく、救急隊員に担架で搬送される自分も同じ醜態を晒したイメージだったことから彼女は一瞬絶望的な気持ちになった。しかし持ち前のスポーツマン根性ですぐさま気を取り直し、排便という目標を御旗《みはた》に掲げ、その黄金の旗を心の中で狂ったように振り回した。額に皺を寄せてトイレの扉をキッと睨み付け、フローリングの床を匍匐前進《ほふくぜんしん》しようと力を入れた瞬間、彼女にとって大変残念なことに、引き絞られた腹筋が屁と同時に少量の尿を搾り出してパンティを（彼女の感覚では直径二センチ程）湿らせた。この染みは数秒で倍に拡がるのを経験上知っていたが、彼女はこれを許容範囲内と見做《みな》して数度頷き、再び匍匐前進しようと試みた。しかし便意にばかり気を取られて尿意を忘れていた彼女の脳神経網は、この僅かの放尿を逆探知して直ちに「バルブ全開指令」の神経パルスを発した。混乱した脳はこの命令を取り消すのに四秒という時間を要した。四秒間に流れ出た尿は二百三十cc余りで、それは彼女がこの朝飲んだコーヒーの量とほぼ一致していた。どこか懐かしさの混じった解放感と淡い快楽を伴ったこの放尿を途中で止めることが出来たのは、高校と大学で都合七年間のバレーボールで培った精神力の賜物《たまもの》だったが、パジャマのズボンはすっかりボトボトになって床にへばり付き、股間は生温かく頼りない感触に満ちた。鼻腔を刺激してくる臭いは昨夜のワインを含んだ濃厚なもので、状況は何一つ好転していないどころか寧ろ著しく悪化していることを彼女は認めざるを得なかった。尿圧は下がったものの便意は微増し、士気は半分に落ちて、財布の中身が千円札一枚だということを思い出すと彼女は絞るように呻《うめ》き声を上げた。

「困ったらいつでも連絡してこい」

一ヶ月前の電話での父の声が一瞬頭を過ったが、父は定年後腎臓を患って週に三日透析治療に通っており、母は肝炎で且つ甲状腺癌で、西川奈美子のマンションは実家から三百五十キロ以上隔たっていた。「ちょっと来てくれる?」と言えば彼らはすぐさま準備に取り掛かるだろうが、完了までに最低でも半月は要する気がする。十年という歳月を思い、自分を取り巻く状況は何もかも変わってしまい、変わらないのは自分だけだと思うとこの朝初めて彼女は哀しかった。

梅雨前線はゆっくりと北上を続け、彼女のマンションの屋上や「久保山倉庫(株)」の屋根の上に降り注いでいた陽射しは徐々に弱まりつつあった。

昼休みまでまだ遠い午前十時半頃、「久保山倉庫(株)」で入庫伝票の処理にミスが見付かり、混乱が生じた。

その入力ミスの結果、「キッツキ家具」のチェスト四百五十台に対する請求額が二十四億二千五百七十八万円になっていた。「すぐ電話しろ！」という指示も虚しく、こちらから連絡するより前に、「キッツキ家具」の社長がここぞとばかりに電話で怒鳴り込んできた。金額が折り合わず「お宅とはもう取引出来ん」と言うのを営業が懸命に繋ぎとめていた顧客だった。調べてみると犯人は小柳由紀だった。このミスを見逃した彼女の上司・山田勇作《やまだゆうさく》課長は久保山邦彦専務に応接室に呼び出され、頭を平手で二発叩かれて髪を乱されるなどの激しい叱責を受けた後、後ろ手にドアを施錠した久保山邦彦専務にベロチュウされた。抱き合った二人は、Rの金文字が入った名刺入れで膨らんだ胸で互いの乳首を押し合いながら「駄目じゃないか勇ちゃん」「じゅみません邦ちゃん」などと涎まみれの唇で囁き合ったが、まだ午前中であることを考慮してこの営みを十分足らずで切り上げ、時間差で応接室を後にした。

「小柳君、ちょっとこっちへ」と呼ばれた小柳由紀は睡魔に気が遠くなりそうだったが、頻りに髪を撫で上げ、手の甲で口を拭う山田勇作課長の声色が次第に熱を帯び、言葉の間にまるで夜空を過る鷺《さぎ》の啼き声のような奇声が挟まったり、「分かっているのか！」が裏返って「ひゃかっているのキャぁっ！」になったりするのを聞いている内に、「何？　何？」と次第に頭が冴えてきた。

「あんたねぇ、自分のことばっかり考えてるんじゃないぞっての。挨拶はしないし髪の毛茶色いし字は丸文字だし姿勢悪いし知識ないし愛想ないし何かお高くとまってるし、あんた鳥か？

フクロウか？　カラスですか？　っての。ぎゃ。こっちだって色々聞いてるんだよ、知らないとでも思ってんの？　噂立っちゃってるんだよあんた。こんなご時世にチャラチャラやってんじゃないよ全く。今朝社長も言ってたでしょうが。大変なことになっちゃってんだよ世の中。舐めたらいかんよ舐めたら」とここで又盛んに唇を拭い、「畜生めってんだ畜生！　ぎゃぎゃ。とにかくこんな大事な時にミスってんじゃないよ！　会社員というのは自分の務めを果たしてこそでしょうが自分の務めを。こっちがこんな具合だからあっちだって散々苦労舐めてんでしょうがよ！　こっちがきちんとやらないと、あっちだって浮かばれないんだよ！　地球規模でどうにかなっちゃうよそんなことじゃ。我々は結束して、一つになってギリギリ一杯でやっていかなくちゃどうしようもないとこにきちゃってるんだよ！　なにその顔！　こいつホントに腹立つなもう！　もぁ！　ああもういい！　あんたの顔見てるとムカついてしょうがないって！　あっちへ行けよ！　もうあっち行けって！　あっちゃぎげっ！」

　小柳由紀は課長のデスクから戻ってくると事務椅子に腰掛け、抽斗の中から用紙を一枚取り出すとパワハラの告発文書をびっしりと綴って御意見箱の中に投函しに行った。その姿を遠目で追っていた山田勇作課長は「無駄無駄」と言うように掌をヒラヒラさせ、「そもそも勤務時間内にそんなの書いてんじゃねえよこの馬鹿が！」と付け加えた。

「あいつ頭おかしい」と席に戻った小柳由紀は言ったが、橘あずさは黙って受け流した。橘あずさから見るとどちらも同罪で同情の余地はまるでなく、寧ろこの一連の遣り取りによってこの会社、ひいては社会全体の異様な軋みの音を聞いたような気がして空恐ろしさを感じ、両耳の穴に指を突っ込んで力一杯振動させた。

　暫くパソコン画面と睨み合っていた山田勇作課長は、突然弾かれたように手提げ鞄を引っ摑むと薬袋の中身を机の上にぶち撒け、十錠余りの錠剤を口に放り込んで冷えたコーヒーで流し込んだ。

　この時彼の頭の中には、中学時代の忌々《いまいま》しい思い出が竜巻となって暴れ回っていた。

　彼は中学二年の時、一年間軟式テニス部に所属していた。運動は苦手だったがスポーツクラブは必修で、軟式テニスなら何とかなるかも知れないと思い、サッカー部から転部したのが間違いだった。練習には真面目に取り組んだが腕は一向に上がらなかった。練習試合にも出して貰えず、いつも素振りと球拾いばかりさせられていたが、そんな生徒は他にも大勢いた。自分が狙われたのは気の弱さを見破られたせいだと考え、それ以来強くなろうと努めてきた。久保山邦彦専務に応じたのは、それ以外に選択肢がなかったこともあったが、高いポストという社会的武器を手に入れたいという願いが強く働いていた。そして同時に、自分は矢張りゲイの男を惹き付ける何かを持っていたのだ、という奇妙な得心もあった。痛みを忘れていたのだとも言える。

　一年上の先輩は軟式テニスのラケットとボールを示しながら、「お前はボールで俺はラケットだ」と言った。軟式テニスのボールはフニャフニャのゴム製で、当時の彼は柔肌のポッチャリ型で細い髪には綺麗な艶があった。その先輩に「ちょっとおいで」と手招きされて「はい！」と元気良く随いていくと、トイレの個室に引っ張り込まれた。口にボールを押し込まれ、ラケットで小突かれながら自分で服を脱ぐよう命じられて丸裸になった。その時、半勃ちになったのを覚えている。「ブタみたいだなお前」と言われた。便器の金隠しに両手を突かされ、尻の穴に執拗に唾液を塗り込まれた。外科手術のような恐ろしさがあり、性器は火の点いた髪の毛のように縮こまった。外には二人の手下が見張りに立っていた。先輩は挿入に失敗する度に「力を抜けよブタ野郎！」と怒り、腰や背中を腫れ上がるほど叩いてきた。泣きながら肛門を緩めると失禁した。その瞬間、先輩の亀頭がチュルッと入った。続いてラケットの握り手のように太い肉棒が根元まで刺し込まれると、腹の中で腸全体が持ち上がるような鈍痛に悲鳴を上げた。肉棒は喉にまで達しているような気がした。銜えさせられたボールの隙間から、滝のように涎が流れ落ちた。延々と出し入れされる激痛にひたすら耐え、最終的に口の中でボールを破裂させた。「パンッていったよな、パンッて！」と先輩が喜び、外の二人の「へへへ」というやる気のない笑い声が聞こえた。彼は破裂したゴムボールをずっとクチャクチャ嚙み続けた。直腸の中に精液を放出する瞬間、先輩が「や……まだ……」と言った。それがまだイキたくなかった先輩の独り言だったのか、自分の名前を呼んでくれたのかは永遠の謎となった。そしてこの瞬間山田勇作少年は、これで本物の女になってしまったという限りない切なさに襲われた。先輩と手下は何か雄叫びのようなものを上げながら全力疾走で去っていった。彼は感覚の麻痺した自分の尻の穴を恐る恐る触ってみた。指が二本、簡単に入ってしまって驚愕した。開いた肛門はこのまま戻らないのだと思い、女であるとはこういう事かと裸のまま泣きじゃくった。気が付くと日が暮れてトイレ内は薄暗く、いつの間にか肛門は窄《すぼ》まっていた。彼は小さく声を立てて、長い時間笑い続けた。そして丸裸のまましゃがみ込み、真っ暗になるまで精液まみれの大便を搾り出していた。

山田勇作課長の瞼《まぶた》が次第に下がり、目の焦点がぼやけていくのをチラチラと観察していた橘あずさは、本立ての向こうで小柳由紀が洟を啜り上げる音を聞いた。首を伸ばして覗き込むと、果たして小柳由紀は泣いていた。又しても、どっちもどっちだと思った。

橘あずさは二十九歳で、蠍《さそり》座のA型だった。

大学時代に付き合っていた男と別れて以来、七年間男と無縁だった。七年振りの相手となった木崎勉とは数ヶ月（実質的には夏の二ヶ月足らず）で終わってしまった。誤って発炎筒を点火させてしまったかのような驚くほど激しく熱い夏だった。そして七年分のセックスを二ヶ月で回収した。手帳に記した小さな「・」印は、日によって「：」の時も「∴」の時もあった。合計すると九十六になった。「せめて百回してから終わりにしましょう」とは言えず、そんな数字に拘《こだわ》る自分が馬鹿馬鹿しくもあり、小柳由紀に乗り換えようと絶えずオドオドするようになった木崎勉の背中を思い切り突き飛ばして別れた。実際には彼女の発炎筒も、既に完全に燃え尽きて炭と化していたのだった。九十六という回数を七年で除すると割り切れず13・714285714 2……になり、向こう一年何もなかったとして八年で除すると丁度十二で割り切れて、二十代の内に一ヶ月に一回セックスをした計算になることが救いだった。この一年という猶予期間内に、誰もが振り向くプリップリの尻へと起死回生の一発（即ち豊尻《ほうこう》手術）を実現させる計画が、今の彼女の日々を前向きなものにする唯一の「隠された生の弾み車」だった。

「人は誰でも自分だけのささやかな目標を持つ権利がある」と彼女は思った。

毎週土曜日、橘あずさはNPO団体「手を取り合う緑《みどり》市民の会」の被災地支援活動にボランティアとして参加している。今も全国的に地震や豪雨災害は後を絶たない。彼女の住む緑市の市民は、押し並べて皆被災地支援に熱心だった。

「あっちに送る応援の短冊、集まってますか？」

先週の土曜の夕刻、二十七歳の青山祥一朗《あおやましょういちろう》にそう声を掛けられた時、床にしゃがんでいた橘あずさはクルッと体ごと彼の方を振り向いた。

「うん。集まってる」

「じゃあ梱包しようか」

「そうね！」

青山祥一朗は美術大学の大学院に在籍する油絵専攻生で、美術作家の卵であり「手を取り合う緑市民の会」の理事の一人だった。Tシャツの袖口から伸びる彼の腕は黒々と日焼けし、無駄なく発達した筋肉は昆虫の脚を思わせた。ダンボール箱に七夕の短冊や寄せ書きを詰めてガムテープでテンポ良く梱包していく彼の前腕に走る筋や血管を見る度に、橘あずさの股間は熱を帯びた。木崎勉に抱かれている時絶えず彼女の頭にあったのはこの青山祥一朗で、木崎勉に「尻のでかい女が好きだ」と聞かされてセックスに酔えなくなったのは、単に劣等意識に邪魔されてこの夢想が機能しなくなったことを意味したに過ぎなかった。

青山祥一朗の絵の写真ファイルを見せて貰ったことがある。炊事や洗濯、買い物などをする女達が、鍋や洗濯機の中、レジカウンターなどに自分達の頭部を置き去りにしている絵だった。首なしの彼女達は揃って豊かな尻を持ち、平然と家事をこなしていた。恰も、顔などなくても尻さえ豊かであればよいと主張しているかのようで、明らかに青山祥一朗は桃尻がお好みだと分かった。その時彼女はこの事実を半ば意識的に受け流したが、木崎勉の一言によって逃れられなくなったのだった。

　橘あずさがそんな事を思い出していた時、彼女が燃えるような羨望の念を抱きながら繰り返しチェックしていた「巨尻でポチャ専肉感追求ＡＶメーカー・まぐろ物産」のＡＶに出しても恥ずかしくない爆尻の持ち主である西川奈美子は、自宅マンションの廊下に蹲り、賢者のようだった顔を突然破顔させるや鼻水を垂らし、恰も真空《しんくう》土練機《どれんき》のように捻り出した一本糞によってパジャマのズボンを内側から力強く押し上げていて、成田空港ではパキスタン人の少年が口の周りをベタベタにして、母親に買って貰ったチョコバーを盛んに頬張りながらケラケラと笑っていた。

ランナー

一

私達家族は、多くの人々がそうであるように貧しかった。そして、多くの人々と同様に、目に見えない「パルス」に感染していた。父は寝込んでいて、起きられなかった。医者はパルスの影響を過小評価している、ワシがこうなったのはパルスのせいだ、と父は言った。だがそのような妄言《もうげん》を吐くことは、父のように寝たきりであればこそ為し得る恐れ知らずの業《わざ》だった。立って歩ける者は、決して自分の病状を自ら口にすることはない。密告されて、「ランナー」に選抜されてしまう可能性があるからである。

そして私の姉は、誰にどのように密告されたものか、二十八歳になったばかりの夏の日に選抜者決定通知書の入った薄い封書を受け取った。日曜日だった。

その日は朝から気温が急上昇し、午後二時に摂氏三十七度に達した。

郵便受けから戻ってきて後ろ手に扉を閉め、ブルーの封筒を見詰めたまま、玄関の三和土《たたき》にじっと立ち竦んでいた姉の姿を私は忘れることが出来ない。右脚を少し引き摺る癖のある姉が、ランナーになったのだ。暗い玄関扉の内側で、薄闇の中にぼんやりと浮かび上がった彼女の封筒を持つ手の微かな震え。日曜日にも拘わらず配達された特別便の、ブルーの役所色の封筒の中身は開封せずとも明らかだった。

夏の暑さは尋常ではない。私達の住む公営住宅に限らず、冷房装置はどの家にも設置されていた。でなければどんな人間も忽ち蒸し焼きになってしまう。夏は既に晩冬から始まっているかのようなここ十数年の暑さだった。熱死する者が後を絶たない中、膨大な経済的損失への対応策として、国は「エリア」内に決死隊と称するエンジニアと労働者を大量投入し、殆ど未知のエネルギー源に対して果敢なる挑戦を仕掛けた。国民の大多数はこれを支持し、反対派は弾圧に近い扱いを受けた。エリア内での作業は困難を極め、二年半で七千人以上の犠牲者が出た。彼らは慰霊塔に祀《まつ》られ、家族には年金が付いた。その結果電力供給量は安定し、各戸に冷房装置が行き渡った。熱死する者は激減したが、この巨大プロジェクトの成功は、冷房装置から吹き付ける冷風と共に愛国心という濃厚な空気を人々の肺腑に大量に送り込んできた。その冷気を胸一杯に吸い込み、全体が生き延びる為には多少の犠牲は仕方がないという思想を細胞の隅々にまで滲み込ませながら、「嗚呼……涼しい……」と目を細めさせる国民精神の涵養《かんよう》だった。

夏の間は冷房装置の設置された六畳間に家族全員が集まるしか過ごしようがなく、その日も寝たきりの父の布団を真ん中にして、母が壁に向かって財布作りの内職をし、私は古い小説を読んでいた。部屋に戻ってきた姉の顔とブルーの封筒を見て母が内職の手を止め、テレビの俗悪番組を見ていた父が、蕎麦殻の枕を鳴らしながら顔を姉の方に向けた。

「何だそれは？」と父が言い、「決定通知書」と姉が答えた。

「何の決定だ？」

「ランナーの」

「見せろ」

六十四歳の父の腕は鶏の脚を思わせた。倒れた大黒柱であるにも拘わらず、懸命に威厳を保とうといちいち虚勢を張る傲慢さとその無神経な態度に、私は日頃から我慢ならないものを感じていた。父は両腕を上げて封筒を天井に差し出すように掲げ、不自由な手を震わせながら暫くそれを支え持っていたが、驚いたことに、やがて意を決したように息を止めると、その国家からの通知書を真っ二つに切り裂いてしまった。封筒はジャッという音を立てて、三対二の割り合いに分割された。私は瞠目《どうもく》した。そして、国の決定を一瞬にして反故《ほご》にし去ったこの男をまじまじと見詰めた。これは全く予期せぬことだった。娘にランナーを辞退させることを意味するこの家長の独断的行為が、今後我々家族に何を齎《もたら》すかを考えることは恐ろしいことではあった。しかしその前に、汗臭い煎餅布団に横たわる鶏がらのような初老の病人であり、この息の詰まる部屋の中ではただもう嵩高《かさだか》いだけの自己中心的な存在に過ぎなかったこの不平分子が、自分の身の安全よりも娘の命を優先させる決定を下したこの瞬間、巨大な国家に立ち向かうにはまだまだ余りにお人よしであり、我が儘度合いが足りないと思える程に父の姿は神々しく見えた。そして私は、行く手に待ち受ける困難に対して、この父を精神的支柱となし、家族一丸となって何があっても雄々しく乗り越えていくのだという気概が自分の胸に沸々と湧き上がってくるのを抑えることが出来なかった。これが父親というものか、という感無量の思いを共有しながら、口を微かにモゴモゴさせて自分の決断を神妙な面持ちで噛み締めているらしい父の姿を、私は長いこと姉、母と共に凝視した。

集合住宅の公園で遊ぶ子供達の歓声が、閉め切った窓ガラスを通して聞こえてきた。その無邪気な声は平凡さの象徴のように思え、そしてそれは既に我々家族が二度と戻ることが出来ない普通の暮らしを意味していた。私はふと、畳の上に踏ん張った姉の裸足の足を見た。小指の爪が潰れているのは、父や私と同じ遺伝子を持つことの証しだった。男はともかく女にとってこの爪は気の毒だと思ったことすら後悔する程、私はこの瞬間父の子であった。

子供達の歓声が何かに堰《せ》き止められたかのように突然途切れ、いつ終わるとも知れない生活の労苦を奏でる寂しげな冷房装置の機械音が部屋を満たした時、私は高揚していた気持ちが急激に萎んでいくことに言い知れぬ焦燥感を覚え、墜落していく鳥のように懸命に精神の両翼を羽ばたかせた。そして、恰もこの静寂を狙いすましていたかのように父が「破れちゃったな。しかし、ま……いっか……」と言った瞬間、束の間の幻想は木っ端微塵に打ち砕かれた。そしてそんなことは勿論、最初から分かり切っていたことであった。手の不自由な父は封を切り損ね、国家からの通達文書を真っ二つにしてしまったことに恐れ戦《おのの》いていたのであり、ことはただそれだけの顚末だった。

封筒から文書を引っ張り出し、二つに破れた紙の破れ目を震える手で合わせながら、「……南京子《みなみきようこ》殿。この度貴殿が、栄えある第十四回国体護持女子マラソン競技大会の公式ランナー084号走者に選抜された事をここに通知すると共に……」と読み上げ始めた時、私は潰れた小指の爪を持つ姉の裸足の足指が、古びた畳を毟り取るように折れ曲がるのを見た。

その日、それから後に何がどうなったのかよく覚えていない。この日を境に私の父に対する憎しみが特段に増したとも思われない。我々は日々汚染された食べ物を口にし、汚染された空気を吸って生きていくしか生きる術《すべ》がなく、そしてそのことに慣れ切っていた。即ち、大きな諦念《ていねん》の帳《とばり》が我々の生活全てを完全に覆い尽くしていたのである。ランナーが国家レベルで賞賛され、全国民から英雄視されるのに対して、辞退者は国賊であり、その罰は係累にまで及び、刑期を終えて出所した後も白眼視され、攻撃され、いくら身を隠しても探し出され、誰とも分からぬ群衆の私刑を受けて殺される運命にあることは誰もが知っていた。もし姉が自分がランナーに選抜されたことを誇りに思い、声を上げて喜んだとすれば父も母も私もそれを共に祝わぬ理由は持たなかったろう。しかし彼女はそうではなかった。これに対して父は、少なくとも娘がランナーに選抜されたことに対する喜びの表情は見せなかった。ただ声に出して通知書を読み上げ、蕎麦殻の枕の上に頭を転がしてテレビ画面に向き直っただけだったと記憶する。母は父から通知書を受け取り、破れ目をセロハンテープで貼り合わせた筈である。

ランナーの家族は、着順に応じた年金を支給されることになっていた。この薄っぺらな通知書を受け取った瞬間、我々家族は最底辺の暮らしから抜け出せることが約束された。家庭によっては祝いの宴《うたげ》を催したりするというが、我が家にはそういう空気はなかった。しかし決定通知を誰も喜ばなかったかと言えば、それは嘘だった。姉を気の毒に思う気持ちは胸に溢れんばかりだったにも拘わらず、その夜は未来へと続く一筋の光を夢想して私は殆ど寝付くことが出来ず、低い天井を凝視しながら自分の頭頂部の禿げを撫で回し続けた。そしてその未来を手にするには、間違っても姉が自殺や逃亡を企てないということが絶対条件であった。

二

翌日の月曜日の早朝、姉と私は定刻に二人一緒に家を出た。我々は同じ国営第六工場の労働者だった。姉の様子は、いつもと変わらないように見えた。必要以上の言葉は口にせず、顔の両側に垂らした髪を盾にして世界から身を隠すようにしている様子も普段通りで、我々は決まったバス停の行列に並び、決まった灰色の送迎バスに揺られて第六工場へと向かった。我々の暮らすバラックの集合住宅の住人の約六割は、第六工場の工場労働者で占められている。月曜日の午前五時にバスターミナルに集まる人々の顔は、刑場に引かれていく死刑囚の群れのように沈鬱の色一色に塗り込められていた。

労働者達は二交代制で一日十二時間拘束される。エリア内の発電施設の建造物や機械部品は、計算上の耐用年数を著しく下回って加速度的に消耗した。その為、発電施設に対する部品補給や補修工事は常に焦眉《しょうび》の急《きゅう》だった。部品の製造・修理を行う第一〜第七工場のノルマは絶対で、ベルトコンベアや機械を停止させたり故障の原因を作ったりすることは反国家的行為と見做され、遺族年金なしの決死隊への強制異動の対象とされた。不可抗力な理由でもない限り、どんな単純なミスでも命取りとなり得た。

バスは何台も数珠《じゅず》繋ぎになって、両側に瓦礫の積み上がった傷んだ舗装道路の中央部をノロノロと進んだ。窓の外の瓦礫の山の切れ目に、エリア内発電施設から引き込まれた漆黒の巨大パイプが見えてくると、既に立ち入り禁止エリアのすぐ外側に展開する巨大工場群の敷地内だった。エリアの外側とはいえ汚染指数が高く極めて危険な地域であり、工場は「地獄」の頭文字を取ってこっそりJと呼ばれている。窓のないダークグレーのコンクリート製の建物の外観は、汚染物質を内に留めて決して外に漏らさないことを最優先に設計されている。発電施設から運び込まれる部品に高濃度のパルスが滞留している事実は、測定出来ない物質は存在しないという原則の前に問題にもされず、工場内には陽炎《かげろう》の立ち昇る高温の汚染部品が山積みになっていた。

既に気温は三十度を超え、過密状態の車内はまるでオーブントースターである。

バスには椅子がなく、天井全面からぶら下がった吊り革と互いの体とを支えにして、労働者達は立錐《りっすい》の余地もない鮨詰状態だった。バスがカーブを描く度に、全員が一塊となって右へ左へと大きく傾いだ。姉は身長が百六十九センチあり、私より五ミリ背が高い上に驚く程大きな尻の持ち主だったが、手足は細長く、胸も貧相で常に眼鏡を掛けていた。バスが信号で急停車した時、一人の大柄な男が、ブレーキの反動とは反対向きに移動して彼女の真後ろに立った。百八十五センチはある髭面の大男だった。男は深呼吸と見せ掛けて、姉の髪の匂いを鼻から吸い込んだに違いない。バスが再び動き出すと、男は自分の腰を姉の尻肉に押し付けようと人知れず苦心していたが、それはどう見ても慣性《かんせい》の法則に逆らっていて、鼻を膨らませながらの弓反りの姿勢は滑稽ですらあった。バスが弱い制動を掛けた瞬間、男はここぞとばかりに姉に腰を密着させた。その瞬間に振り向いたなら、姉は自力でこの男を撃退出来たろうが彼女はそうしなかった。私は「姉さん、大丈夫か？」と訊いた。すると男は吊り革を握った太い腕の筋肉を鋼鉄のように固め、懸命に自分と姉との間に僅かの隙間を確保しながら、首に太い筋を立てて明後日の方向を向いた。痴漢行為を告発され、生活の基盤を全て失った労働者は少なくない。大男は額に汗を浮かべ、横目で私の顔を窺いながら「痴漢ではない」と必死に主張していたが、私はこの小心者の無言の訴えを無視した。

姉はチラッと私を見ると、小さく首を振った。それは一瞬、大丈夫ではないということかと思われたが、しかし上下シンメトリーな彼女の唇の端が微かに吊り上がって控え目な笑みを作っていることが分かると私は安堵した。しかし彼女の瞳の中には毫《ごう》も明るさは見られなかった。何でもない時でも、暗い表情の姉の顔だった。車内に女の労働者は少なくなかったが、吊り革を握った姉の手首の白さや艶のある爪、汗に光った首筋などには、過酷な労働によっても奪い去られることのない天性の美しさがあり、それは爪に垢を溜めたり、煤煙《ばいえん》を吸って鼻毛を伸ばしたりしている他の女達と明瞭なる一線を画し、たとえ部分的な美であるに過ぎないとしても私はそれを誇りに思った。しかし彼女には昔から生活を愉《たの》しむという習慣がなく、それは十七年前に天からあの魔物が降ってくるより前の、幼い記憶の中に於いてすらそうだった。

我が家が人並みの暮らしをしていた幼い頃、バタークリームのケーキを買って帰った父から初めての誕生日プレゼントとして絵本を手渡された時の、困惑とも悲哀ともつかない複雑な姉の表情はその後もずっと彼女の顔面に貼り付いたままである。絵本の頁を開いて示しても、いっかな喜ばない娘に業を煮やし、父は「もう止めだ！」と怒鳴って絵本の背を振り落としてケーキを粉砕し、クリームまみれの絵本をそのまま壁に投げ付けた。背を向けて酒を飲み始めた父の背後で姉は泣き、私も泣いて、母は背中を丸めて壁や床に飛び散ったバタークリームを甲斐甲斐しく拭い取っていた。その時の私は、姉がどうして素直に喜びを表し「有難う」と言えないのか理解出来なかったし、内心では父と同様、誕生祝いを台無しにした彼女に対して猛烈に腹を立てていた。私はしかしこの時、父を怒らせたのが単に姉の暗い表情だけではなかったことにも気付いていた。僅か一刹那のことであり、鈍感な母などの目には全く留まらなかったに違いないが、姉は父からしつこく絵本の頁を見せられながら、真冬のドブ池に立つ霧のように、その沈鬱な表情の奥底から冷え切った汚らしい笑みを浮かび上がらせていたのである。その笑みは「何なの、この下らない絵本は」と言っていた。殆ど笑うことのない冷たい顔だとは思っていたが、私はそんな恐ろしい笑みをその瞬間まで姉の顔に認めたことがなかった。父の怒りの半分も、我が娘の顔に現れたおぞましい悪霊に対する恐怖を、頭の中から振り払おうとしてのことだと思われた。姉はこの時、即ち彼女が九歳になった誕生日に、何か恐ろしいモノに取り憑かれたに違いなかった。六歳だった私は、それでも姉のことが好きだと繰り返し自分に言い聞かせた。散々姉への怒声を撒き散らした末に酔い潰れて舟を漕ぎ始めた父に気付かれないように、母は台所の床に新聞紙を敷いてその上に崩れたケーキの箱を置き、私と姉に「お食べ」と勧めた。母にフォークを手渡された私と姉は床に這い蹲って食べ始めたが、私は、自分の子供に乞食の真似をさせ、その様子を平然と見下ろしている母の視線に何か異様なものを感じた。泣いたことで鼻が詰まって味は分からず、油まみれの石膏を食べているようだった。すると突然姉が上体を起こして正座し、裸足の右足を持ち上げたかと思うとそれを勢いよくケーキに向かって振り下ろした。彼女の足指の間から白やピンクのバタークリームの柱がニュッと絞り出て、姉の顔を見ると笑っていたので私も笑って両足を差し出し、姉の足の周りにヌルヌルと足裏を滑らせ、彼女の足の甲にも這い登らせてクリームマッサージを施すとテラテラと油の艶が出て艶《なまめ》かしく、この日初めて私はゾクッと嬉しい気持ちになった。母は紙のような顔でこの悪ふざけを見守っていた。するとケーキの箱の底が赤く染まってきた。それを見た母は、椅子から弾かれるようにして両膝をドンッと床に突き、姉の右足首を強く握って引き上げた。その反動で姉は後ろに倒れ、壁に後頭部を打ち付けた。姉の足裏は真っ赤で、真ん中に赤黒い穴が見えた。ケーキの箱の底に血が溜まっているのを見て、私は自分の両足を引き寄せた。バタークリームの油に弾かれて盛り上がるように溜まった赤い池の中心に、ケーキを突き刺していたアルミ製の支柱が「済みません」とでも言うように浅い角度で御辞儀をしていた。

私は床の上に置いた足裏を前後に行ったり来たりさせながら、姉を抱きかかえようとする母親の痩せた背中を見ていたが、ふと頭頂部に視線を感じて振り返った。台所の入り口の柱に寄り掛かるように、右手でステテコの股間を握り締めた父が立っていた。やがて父の腕が、蒸気機関車の主連棒のように機械的な動きを始め、どこを見ているのか分からない虚ろな目と相俟《あいま》って、私はこれを土星人だと思った。

三

天から魔物が降ってきたのは、姉が小学五年、私が二年の時だった。姉の腰が目に見えて大きくなり始めた時期と重なっている。姉も私も魔物が落ちる瞬間を見た。

その時我々は、家から数百メートル離れた廃屋の中で遊んでいた。遊ぶと言っても、姉が主導する「儀式」に従わされるだけで、幼い私には意味不明なところが多かった。たとえば廃屋の中の柱や壁から引っこ抜いた釘や螺子《ねじ》を洗面器の汚水に沈めて錆びさせ、そこに蛾やコオロギ、ムカデなどを入れ、最終的に手拭いを浸け込んで茶色くし、それを細かく裂いて御幣《ごへい》にして飾ったり、土まみれの新聞やカレンダー、領収書などの紙類を集めて針金で束ね、一冊のちぐはぐな本を作って朽ち果てた神棚に安置したりすることの意味は終《つい》に分からずじまいだった。私はこうやって遊びに付き合ってやりながら、姉の面倒を看ているのだという意識を抱いていた。父も母もそんなことを口にしたことはなかったが、姉弟《きょうだい》の間だけに通じ合う筈の微細な意思疎通の中に度々生じる齟齬《そご》や誤作動を慎重に計測し続けた結果、私は彼女が頭の病気に違いないという結論に達した。

姉は私と違って学校の成績も良く、三年生の冬からモダンバレエとピアノを習っていたが家にピアノはなく、いつも紙に描いた鍵盤を叩いていた。バレエ教師もピアノ教師も揃って八十歳を超えた老婆で、常時数十人の才能溢れる門弟達を相手に奮闘していたが、それは彼女等の頭の中だけのことで実際の生徒は姉一人だった。姉は彼女達の教え子であると同時に子供巡回員として、定期的に二人の独居老人の生存確認を行って民生委員に報告し、それによって「月謝」を免除されていた。レッスンは常に過密状態で、二人の教師が姉の為に割ける時間は限られていたが、姉はいつでも辛抱強く待った。そして漸く順番が回ってくると、「あら京子ちゃん、お待たせたせね」と彼女達の物腰は必要以上に丁重で、しかし大概は既に疲れ切っていた為レッスンは瞬く間に時間切れとなった。「月曜がバレエで木曜がピアノで二人とも親切」と、姉は嬉しそうにレッスンの様子を教えてくれた。しかし後に、この二人の教師は榊原《さかきばら》リウという認知症老婆の持つ二つの人格の発現に過ぎないと分かり、私は「先生は二人じゃなかったの？」と姉を詰問し、挙句姉を嘘吐き呼ばわりして喧嘩になった。

我々が遊び場にしていた廃屋は古い民家で、天井に開いた幾つもの大穴から空が見え、腐って床下に落ちた湿った畳はコオロギの一大コロニーになっていた。姉は床の根太《ねだ》の上に立ち、「ドゥミ・プリエ……グラン・プリエ……ルルベ……パッセ」と呟きながら、バレエの基本動作を繰り返していた。そして半ズボンの白い脚を揃えて十五センチ程の幅の根太の上に立って胸を反らせると、「ここから墜ちたら世界はおしまい」と歌うように言った。

その時、何の前触れもなく周囲の空気が突然震え出し、それは泣き出したくなるような圧倒的な勢いで急激に増幅した。宇宙全体が泣いているかのようだった。腰を抜かして床板の上にへたり込んだ私の目に、床下の腐った畳の上に落ち、噴水のように跳ね上がるコオロギのシャワーに呑み込まれる姉の姿が映った。黒々としたコオロギの壁の向こうから、姉は真っ直ぐ私を見ていた。彼女は床下を地獄と呼んでいたから、食い千切られてもう助からないのだと思った。やがて大地が震動し始めた。それはすぐに手の付けられない狂気じみた大地震となり、寸毫の容赦もなかった。頭の上に瓦や材木が次々に落ちてきて、何かが爆発するような轟音に何度も耳を劈《つんざ》かれた。その爆音は人工的で、地震とはうまく結び付かなかった。悪い国が攻めてきて、絨毯爆撃をしているのかと思った。何度か瓦に頭や背中を直撃されている内に耳が全く聞こえなくなり、舞い上がる埃で目も見えなくなった。するとこの時、懸命に頭を抱え込んでいた指先が、旋毛の中にスッポリと収まったのが分かった。何か鋭い物が突き刺さり、頭蓋に穴が開いたらしかった。穴に潜り込んだ指の先が、生温く軟らかい物に触れていた。その軟らかい物が傷口から外に出ようと膨らんできたので、私は咄嗟に指で押し戻した。これは脳味噌だ、こんなことしてると馬鹿になる、と思った。汗だと思っていたのは夥《おびただ》しい血で、髪の毛が濡れて束になっていた。私は頭の穴に指で栓をしたまま、不安で一杯になって何度も姉を呼んだ。その時、ハンマーで殴られたような衝撃を受けて私は遠くに吹っ飛ばされ、その瞬間意識も飛んだ。

まだ物心付かない頃、狂犬病の犬に銜えられた猫が死に至るまで振り回されるのを、母の足に摑まりながらじっと見ていたことがあった。私は自分がその猫だと思った。こんな無慈悲極まる非道な扱いを受け続けなければならない恐ろしい運命に打ち震えながら目を覚ますと、暗闇だった。世界は依然として怒り狂っていて、死に掛けた猫を強引に右へ左へと揺さぶってきた。周囲の壁に叩き付けられる度に、しかし私の体を締め付けてくる何者かの感触は、紛れもなく姉の肉の柔らかさだった。「姉ちゃん」と声に出そうとしたが叶わなかった。しかし姉は確かにそこにいて、私をきつく締め上げていた。すぐ耳元に彼女の荒い息遣いを聞いた。壁に激突する度に、その息に糸のような悲鳴が混じった。地の底から上ってくるような地響きが起こる度に、頭が割れそうだった。血で凝り固まった髪の毛が、頭の上でヘルメットのように揺れた。

時間の感覚は消え失せていたが、何かが過ぎ去ったことは体で分かった。揺れは徐々に小さくなった。しかしもっと悪い別の何かが近付いてくる不穏極まる気配が、音もなく膨らんでくるのも感じた。それは姉も同じらしかった。我々はそれからも闇の中で長い間じっと息を殺していた。姉の腕や大腿部に触れると、大小沢山の木の破片が食い込んでいてサボテンのようになっていた。その一本一本が、根を張ったようにしっかりと屹立《きつりつ》している固い手触りにゾッとした。何本か引き抜こうとしたが木の破片は意外に脆《もろ》く、簡単に千切れたり裂けたりして根の部分は殆ど肉の中に残った。体の右側から、爆風のようなものを浴びたらしかった。直径が三センチ程の大きな木の破片が姉の太腿に突き刺さっているのが分かった時、これを抜くと死ぬだろうかと思いながら強引に引っぱると、脚全体が持ち上がってきて、私の力では無理だと思った。姉はこの間一言も発さず、手探りで頰に触れようとすると顔を仰《の》け反らせた。顔もサボテンになっているらしかった。大地が揺れて何かに体をぶつける度に、私を抱いているせいで受身も取れず、サボテンの棘《とげ》が自分の体に食い込んでいくに任せていた姉の、僅かに膨らみ掛けた柔らかい胸の中に顔を埋めて、私はいつの間にか眠りに落ちた。

何かを叩く音がした。姉が頭上の板を叩いているようだった。

ゴトゴトという物音で目を覚ますと、頭の上から髪の毛程の細い光が射し込んだ。それが一挙に膨らんで光の滝となって押し寄せ、目が潰れた。埃まみれの新しい空気を吸った途端に激しく咳き込み、それでも世界がどうなっているのか知りたくて堪らず、苦心して目を抉じ開けると、倒壊した廃屋の瓦礫を掘り起こしてくれた二人の男の後ろ姿が逆光の中に揺れていた。彼らは最低限の義務を果たしてしまうと、我々への関心を失ったようで、どこか遠くを見ていた。私は光の下で姉を見た。サボテンの化け物を想像していた私は、赤黒い血で染め抜かれた姉の顔が、依然として姉の顔であることに安堵した。我々は時間を掛けて立ち上がり、二人で協力しながら姉の体の右半分を覆った棘を抜き始めた。見えない棘に比べて見える棘を抜くのは遥かに容易な業だったが、抜けない物は矢張り抜けなかった。そして我々は、姉が私を引きずり込んでくれた木製の浴槽から這い出し、多大な努力を払って瓦礫の壁を越えた。太腿に突き刺さったままの直径三センチの木片は見るからに痛そうで、殆ど自由が利かなくなったサボテン脚を持ち上げる度に、姉は小さな下唇を千切れんばかりに噛み締めて痛みに耐えていた。

視界が開けた。助けてくれた二人の男が、我々の前に背を向けて立っていた。周囲の建物の殆どは薙《な》ぎ倒され、何本もの煙や焔が天に向かって舞い上がっていた。自分の家がどっちにあるのかも、分からなかった。焚き火を蹴散らかしたような大地のあちこちに、チェスの駒みたいに立ち竦む人々の姿が点々と認められた。彼らも又、二人の男と同じ方角を向いていた。私は姉を見た。瓦礫に凭れて立つ姉も又、血糊と抜けない棘を陽光に煌めかせながら、視線は皆と同じ方角だった。

薙ぎ倒された雑木林の遥か向こうに、赤黒い肝臓の化け物があった。その「ビッグレバー」に比べると、高圧電流の鉄塔が針のように小さく見えた。即ちビッグレバーは、空を遮る程の図抜けた大きさだった。それは間歇《かんけつ》的に激しく痙攣し、体表全体に無数の稲妻を放電させては自らを傷付けて赤黒い体液を噴き上げた。後にこの磁場一帯が立ち入り禁止エリアとなるが、誰もが呆けたようにこの突然の来訪者に魅入られて一歩も動けず、爆風に運ばれた赤黒い霧を無防備に浴びていたこの時点で既に、我々は確実に取り返しの付かない大量のパルスに被曝していた。しかしそれを公然と口にする者は一人もいない。

四

第六工場での労働は、プールの底で潜水をしているようなもので、時々本当に死んでしまうのではないかと思うことがあった。ベルトコンベアに乗って流れてくる部品「ワレバッタ」の群れは、バッタの顔を真ん中からかち割ったような面相をこちらに向けて、次々に機械口から吐き出されてきた。一つのワレバッタの重さは十四キロあった。それを持ち上げて希硫酸槽に三秒間浸して表面の滑《ぬめ》りを溶かし、引き揚げて網の上に二回以上バウンドさせてから、再びベルトの上に戻す。これを一個当たり八秒以内で行わなければ、ベルト上の元のホルダーに戻せなかった。戻せないと忽ちノルマ達成に支障が出て、遺族年金の付かない決死隊入りが現実味を帯びてくる。決死隊は嘗ては英雄だったが、今やエリア内の発電施設は不良労働者の捨て場所でもあった。しかしそれには考え方次第、という側面もある。

今年も会社は、四月に職場研修として決死隊員の講演会を開いた。招かれた講師はこう語った。

「こんなにやり甲斐のある仕事はない。未知のエネルギーから電気エネルギーを取り出すのだ。これは人間の知恵と勇気の勝利だ。この国ばかりではない。全世界、全人類の為に命懸けでやる価値のある仕事だ。家族の為に、友の為に、そして自分自身の為にだ。雄々しく命の炎を燃やし尽くせ、このバッキヤロウめが！　やい、労働者ども！　分かってんのか！」

「分かってんだあっ！」と我々は、一斉に野太い声を上げて拳を振り上げた。この講演会に感化された風を装って、実際に決死隊に志願した者が第六工場から十九名出たという。工場での労働に耐えられないと判断した者達で、皆、命と引き換えに遺族年金を当て込んだのだった。しかし発電施設に送られたら最後、必ず死ぬと決まったものでもない。現にこの講師は、去年も一昨年もやって来て熱弁を揮《ふる》い、体付きも鉄人風だった。本当に発電施設で働いているのかどうかは別として、その健康体を彼がどこから手に入れたのかということに思いを致さぬ者はいなかった。あの猪のような闘志溢れる前向きな姿勢、これが単なる演技であろう筈がないと無理やりにでも信じたくなってしまう程、見事な迄に眩しい電撃オーラの放射であった。何らかの薬物だということは誰にでもピンと来たが、そんなことを口にする馬鹿はいない。しかし少なくとも、この世のどこかに嘘でも健康体でいられる手段が存在する可能性という一点に於いて、ここではなく発電施設にその活路を求める人間がいても不思議はなかった。どこかに何かがあるかも知れないという期待、これなくして人間はどうして生きていけるだろうか。エリアの内であろうが外であろうが、我々は着実に汚染され続け、この島国に逃げる場所など存在しない。とすればランナーに選抜されるということも、これと同じ理屈で一つの可能性ではある筈だった。マラソンのコースは、全てエリア内に設定されていたからである。

私は危うく手を滑らせ掛けた。ワレバッタを床に落としてしまったが最後、確実に八秒の壁に押し潰されてしまうところだった。滑りと希硫酸に強い特製の手袋自体が片方だけで七百グラムの重さがあり、一瞬の気の緩みが筋肉を弛緩させ、取り返しの付かない事態に結び付く。私は渾身の力で体勢を立て直し、憎きワレバッタをホルダーに叩き付けると、考える暇もなく次のワレバッタを抱え上げ、希硫酸槽に浸け込んで三秒数えた。その時サイレンの音が鳴った。休憩だ！

いや待て、早過ぎないか？　ラインは止まっていない。休憩ではない。一秒のロスだ、取り返せ。すると再びサイレン音が鳴った。しかしそれはサイレンではなかった。ワレバッタを落とした男が、声を限りに泣き叫ぶ哀しみの悲鳴だった。それは機械音の隙間を縫って工場全体に響き渡り、全ての労働者の胸に深々と食い込んだ。その男が誰なのか勿論分からなかったが、私の脳裏には朝のバスの大男の顔が浮かんだ。男の号泣は止まなかった。それが誰であるにしろこれだけ泣き続けるということは、男の前を既に何十ものワレバッタが処理されぬまま通り過ぎていることを意味した。泣きながら処理出来る程、ワレバッタは甘くない。男の家族が今この瞬間、一家の大黒柱を失った上に収入の道を閉ざされる運命へと転落したことは間違いなかった。男の号泣が一段と甲高くなると、誰かが「黙れ糞野郎！」と叫んだ。私語禁止の規則だったが忽ちあちこちのラインから「さっさとくたばってこい！」だの「お父さーん！　行かないでぇーっ！」「パパーッ！」だのと声が上がった。一瞬胸に突き刺さった悲哀の叫びを、いつまでも反芻して悲しむようなゆとりは誰にもないのだった。すると男の叫びが突然途絶えた。監督官にスタンガンを押し付けられたに違いない。私は一秒のロスをなかなか取り戻せなかった。どのタイミングで体に無理を強《し》いるかを慎重に測りながら、一人の男を抜き去ったという優越感に、抑えても抑えても零《こぼ》れ出す口元の笑み。

人生はレースだ。

五

第十四回国体護持女子マラソン競技大会当日の三日前に、公式ランナーは肉体をパルスに馴致《じゅんち》させる目的で（実際は逃亡防止の目的で）エリア内の選手村に移送される。084号走者である姉は、選手村への出発を翌朝に控えたその夜、いつもと変わらぬ浮かない顔で不味《まず》そうに夕食を口に運んでいた。小さな卓袱台を間に置いて向かいに座った私は、そんな姉の様子をチラチラと窺っていた。彼女はその二十八年間の人生の中で一体どれ程の喜びを得たというのだろうか、などと考えながら。少なくとも私の知る限り彼女は処女であり、まだ女の喜びを知らない筈だった。顔面を含めたその右半身には、嘗ての無数の木の破片の痕が豹柄の痣となって色濃く残っている。大きな尻に惹かれて彼女の左側から近付いた男達は、振り向いた姉の顔の右半分の痣と不自由な右脚とを認めるや、それでも尚声を掛ける価値のある女かどうかを瞬時に判断すべく目を泳がせるのが常だった。最も彼らを恐れさせたのは、その痣がパルスの影響による伝染病かも知れないという疑念だった。そして案の定一人の例外もなく、人違いや通り掛かっただけという風を装って姉から離れて行った。私はそんな光景を目にする度に、男達を我が身に置き換え、自分ならどうするかと考えた。無論私は、この見ず知らずの痣だらけの女をその場に置き去りにするに違いなかった。それは仕方のない事だ。しかし私はその痣が、小学五年生だった姉が幼い私を爆風から守ってくれたために出来た事を知っている。明日の朝までに何かほんの少しでも姉を喜ばせる事が出来ないだろうかと、私は思案していた。

父は母の運ぶ雑炊を咀嚼しながら、布団の中でじっとテレビ画面を見ている。ここ数週間、テレビは第十四回国体護持女子マラソン競技大会一色で、この夜も百人の参加者の中で特に有力な選手について詳しく報じていた。十位以内に入賞すれば、三親等内に充分な年金と必要な医療的ケアが与えられる。しかし有力とされる選手達は予め決まっていて、ドーピングによってパルスに対する一定の耐性を獲得しているとひそかに噂されていた。観衆や視聴者も上位選手の出来レースなどに関心はなく、ドローンに搭載されたカメラによって会場モニターやテレビ画面に詳細に映し出される、中位以下の選手達が繰り広げるあられもない死闘を専ら愉しみにしていた。パルス溜まりに落ちたり、パルス層に突っ込んで死ぬランナーも少なくない上、どんな手を使っても許されるルールなきレースである為に暴力沙汰が多発し、殺人に至るケースも珍しくない。生還率は毎回三十パーセント台で、パルスの嵐が吹き荒れて全滅した年もあった。

きちんと正座して味噌汁を啜っていた姉が、突然咳き込み始めた。父と母が同時に姉を見た。姉は口から吐き出した味噌汁を椀で受け止めながら、こめかみに青筋を立てた。

「喉に何か詰めたのか」父が言った。

姉は息を止め、首を横に振った。

「落ち着いて食べるのよ」母が言った。

姉は椀を一旦卓袱台に置いてから、それを飲み干した。少し収まったようだ。私には、それが誤嚥《ごえん》などではない事がすぐに分かった。右脚の不自由な姉は、四日後のマラソン競技でほぼ間違いなく絶命する自分の運命を思い、息が出来なくなったのだ。どうして寝たきりの父ではなく、まだ将来のある自分がエリアに行って死ななければならないのか、姉の頭は破裂しそうな程沸騰していたに違いない。

すると姉は、無言で麦飯を噛んでいる私を上目遣いにチラッと見て「沸騰してなどいないわよ」という表情を作った。私は驚いて、鼻の奥を熱くした。

「京子、お風呂に入りなさい」母が言った。

卓袱台に両手を突いて腰を浮かせた拍子に、姉は「ぷ」と小さく放屁した。私は気付かない振りをした。右大腿部を庇いながら不器用に立ち上がると姉は腰を屈め、自分が使った食器を重ねて流し台に持って行き、蛇口からの細い水で食器を軽く濯《すす》いだ。数え切れない程見てきたその仕草が、明日にはもう幻になってしまう。こんな場面に於いてどう対処し、どう行動すべきなのか私には全く分からなかった。だから姉が風呂場へ立ち去って母が流しで洗い物を始めた時、父に手招きされた私はどこか救われた気になった。父は明らかに、私に何らかの指示を与えようとしていたからだ。

「伸吾《しんご》、もっと近くに寄れ」父が言った。

私は息を止めて、父の歯槽膿漏《しそうのうろう》臭い口に耳を近付けた。

父の言葉を聞いた時、私はこの愚かな男をこの場で殺してしまおうかと思った。しかしよく考えてみると、父は至極真っ当な事を言っているのかも知れないという気もして、頭が混乱した。「行け」と手で私を払う仕草をした父の元から弾かれるようにして立ち上がると、私はチラッと母を見た。その小さな背中は、何もかも了解済みである事を物語っていた。

風呂場は住宅の外壁にベニヤ板で囲いをしただけの簡易式のもので、私は仕切りの黒いビニールの外から声を掛けた。

「姉さん」

答えはなかった。

「入ってもいい？」

私は服を脱ぎ始めた。

「父さんが、姉さんを抱いてやれと言うんだ」

私は紅潮した一物に姉の脱いだ服を押し当ててから、ビニールを捲《めく》った。しかしそこに姉の姿はなかった。床に敷いていた鉄板が外され、土にポッカリ穴が開いている。囲いのベニヤ板の下に、人一人がやっと通れるだけのトンネルが掘られていた。外へと通じる穴だった。何日も掛けて、姉は一人でこんなものを掘っていたのだ。私は大急ぎで服を纏うと、両親の元に取って返して大声で告げた。

「京子が逃げた！」

「なぬっ！　伸吾っ、何があっても捕まえてこい！」

私は家を飛び出した。いつも小一時間風呂に入る姉は、まさか今日に限ってこんなに早く私が風呂場を覗くとは想定していなかったに違いない。まだそんなに遠くには行っていない筈である。夜の街に目を凝らすと、ヒョコヒョコと足を引き摺る姉の影が、一瞬ビルの間を過った気がして私は駆け出した。その時ふと脳裏に、姉は服を着ているのかという疑問が浮かんだ。風呂場の脱衣籠には、下着まで脱ぎ捨ててあった。もし彼女が全裸のまま街を逃げ回っているとすれば、公然猥褻《わいせつ》に当たる。勿論犯罪で、捕まれば当然ランナーとしての資格は剝奪される。そうなれば国賊扱いだ。その禍《わざわい》は確実に私や両親に及ぶ。姉の頭の悪さを、この時程恨んだ事はなかった。

一旦完全に見失ったが、橋の上に立った時、不自然な水音を耳にした。下を覗き込むと、全裸の女が膝まで水に浸かってドブ川を遡《さかのぼ》っていた。姉だった。

「姉さん！」

姉がキッと私を仰ぎ見た。私は土手を滑り下りて流れの中に入り、嫌がる姉の手を摑んで引き上げ、砂の上に押し倒した。姉は大きく胸を上下させた。私は着ていたTシャツを脱いで姉に着せたが、下半身は隠せなかった。そこでズボンを穿かせようとしたが、尻が大き過ぎて入らない。仕方なくパンツを穿かせると、姉は笑った。

「何だよ」私は訊いた。

「何でもない」

「裸じゃ、まずいだろうが」

髪を搔き上げた姉の掌が、妙にどす黒かった。足を庇うようにするのでよく見ると、左の足の裏に深い傷があり、そこから沢山血が出ている。川底に沈んだ何か鋭利な物を踏んだらしかった。

「姉さん、こんな足じゃ、走れないじゃないかっ!」

「痛いわ」

「きっと最下位だ」

「皆、死ねばいいのよ」

「皆って誰の事だよ!」

膨らみ過ぎたシャボン玉が弾けるようにして自分の中で何かが破裂し、頭頂部から、自分を抑えていた箍《たが》のような物が一斉に飛び散るのが分かった。その瞬間、私は生まれて初めて姉の顔を殴った。しかし、加減が全く分からなかった。何発殴っても、姉はヘラヘラと笑っているようで、殴れば殴る程恐ろしい不安が募った。その顔は「何なの、この下らない世界は」と言っていた。私は、止まらなくなった。幼い頃に姉に取り憑いた悪霊は、ずっと憑依したままだったのだ。確かにこの世界は子供騙しの絵本のようだった。実際、姉は誰よりも頭が良かった。姉以外の人間の方こそ、悉く馬鹿だったに違いない。

心身の障害の有無に拘わらず労働力として充分な役割が果たせない者が、最終的に手に出来る唯一の栄誉がランナーに選抜される事である。右半身に麻痺のある姉は、遅かれ早かれ工場労働者として不適格となっていただろう。一旦ランナーに選ばれると自殺と逃亡は許されない。しかし身内の手によって殺される事は、栄誉ある死として特例扱いされた。その際、家族は一番低い年金を保障される。このまま何事もなければ、我が家族は最底辺の生活から抜け出せる筈である。姉の死体は検視に出されている。このまま何事もなければ。

「よくやった」と言った父を私は発作的に拳固で殴り付け、父は顎が砕けて喋れなくなった。家の中を熊のように落ち着きなく移動する私を追って、激痛に顔を歪めた父が、目玉だけをギョロギョロさせている。テレビ画面の中では、姉の代わりの補欠一人を加えた百人の女達が、第十四回国体護持女子マラソン競技大会のスタート地点から一斉に走り出していた。早くも何人かが摑み合いの喧嘩を始めている。「こんなところに京子を参加させなくて良かった」と母が言った時、殺気を感じて後ろを振り向いた彼女の顔面スレスレに、既に私の拳が迫っていた。

「娘を殺されて、貴様等は何ともないのか！」

次の瞬間、頬骨を砕かれた母が丸太のように畳の上に転がった。

私はもう、人を殴り続けずにはおれないだろう。姉の顔が崩れていく感覚が拳から消えてなくなるまで、何十人、何百人であろうと延々と殴り続けなければ収まらない。皆、死ねばいいのだ。


姉の悪霊が、今度は私に取り憑いていた。

姉の膣内から私の精液が検出された場合、死体を穢《けが》した咎で私は犯罪者にされてしまう。

この国の法律は、一体どうなっているのだろうか。

あの夜の川辺。

嘗てスーパーで売られていた牛肉のような冷え切った膣の感触に、気が遠くなりそうだった。

ところで姉さん、僕のはどんな味だった？

少し青臭かっただろうか。

二人とも、初めてだったね。


私こそ、真っ先に死ぬべき屑なのだ。

【初　出】

前世は兎　「すばる」二〇一五年十一月号
夢をクウバク　「すばる」二〇一六年四月号
宗教　「すばる」二〇一六年七月号
沼　「すばる」二〇一七年一月号
梅核　「すばる」二〇一七年八月号
真空土練機　「すばる」二〇一八年三月号
ランナー　「徳島文學」二〇一八年創刊号

引用文献　『ゲーテ格言集』高橋健二編訳　新潮文庫

吉村萬壱（よしむら・まんいち）

1961年、愛媛県松山市生まれ。大阪府枚方市育ち。京都教育大学卒業後、東京、大阪の高校、支援学校教諭を経て専業作家に。2001年「クチュクチュバーン」で第92回文學界新人賞、2003年「ハリガネムシ」で第129回芥川賞、2016年『臣女』で第22回島清恋愛文学賞を受賞。著書に『バースト・ゾーン』『ヤイトスエッド』『ボラード病』『虚ろまんてぃっく』『回遊人』など多数。小説のほかにコミック『流しの下のうーちゃん』やエッセイ集『生きていくうえで、かけがえのないこと』『うつぼのひとりごと』などがある。

前世《ぜんせ》は兎《うさぎ》

二〇一八年一〇月三〇日　第一刷発行

著　者　吉村萬壱《よしむらまんいち》
発行者　徳永　真
発行所　株式会社　集英社
東京都千代田区一ツ橋二-五-一〇　〒一〇一-八〇五〇
☎〇三-三二三〇-六一〇〇（編集部）
三二三〇-六〇八〇（読者係）
三二三〇-六三九三（販売部）書店専用

印刷所　大日本印刷株式会社
製本所　株式会社ブックアート

ISBN978-4-08-771155-4 C0093

集英社の単行本

好評発売中

鏡のなかのアジア

谷崎由依

はるかな歴史を持つ僧院で少年僧が経典の歴史に触れる「……そしてまた文字を記していると」、雨降る村でかつて起こった不思議な出来事を描く「Ｊｉｕｆｅｎの村は九つぶん」、時空を超え、熱帯雨林にそびえる巨樹であった過去を持つ男の物語「天蓋歩行」など、アジアの土地をモチーフに、翻訳家でもある気鋭の著者が描く、全五編の幻想短編集。